歌的彩
诗中色

何薇 ————【编著】

SHIGE

YU

KEPU

河海大学出版社
HOHAI UNIVERSITY PRESS

·南京·

图书在版编目（CIP）数据

诗歌中的色彩 / 何薇编著. -- 南京 ：河海大学出版社，2022.3（2023.5重印）
（诗歌与科普）
ISBN 978-7-5630-7422-8

Ⅰ.①诗… Ⅱ.①何… Ⅲ.①古典诗歌－诗集－中国②色彩学－中国－通俗读物 Ⅳ.①I222②J063

中国版本图书馆CIP数据核字(2022)第002382号

丛 书 名 / 诗歌与科普
书　　名 / 诗歌中的色彩
SHIGE ZHONG DE SECAI
书　　号 / ISBN 978-7-5630-7422-8
责任编辑 / 毛积孝
特约编辑 / 李　萍
特约校对 / 朱阿祥
装帧设计 / 秦　强
出版发行 / 河海大学出版社
地　　址 / 南京市西康路1号（邮编：210098）
电　　话 / （025）83737852（总编室）
　　　　　/ （025）83722833（营销部）
经　　销 / 全国新华书店
印　　刷 / 三河市元兴印务有限公司
开　　本 / 880mm×1230mm　1/32
印　　张 / 7
字　　数 / 175千字
版　　次 / 2022年3月第1版
印　　次 / 2023年5月第2次印刷
定　　价 / 49.80元

赤色 C0 M98 Y78 K10	茜色 C26 M89 Y56 K0	丹色 C8 M82 Y82 K0	绛红 C0 M100 Y100 K0
赭石 C27 M96 Y100 K27	石榴红 C0 M90 Y65 K10	水红 C0 M33 Y11 K0	海棠红 C0 M86 Y55 K0
曙色 C0 M81 Y100 K20	胭脂红 C0 M83 Y81 K0	朱颜酡 C0 M50 Y50 K1	银朱色 C0 M83 Y87 K0
雌黄 C2 M35 Y72 K0	姜黄 C12 M24 Y95 K2	杏黄 C0 M54 Y92 K0	苍黄 C34 M52 Y85 K35
萱草色 C0 M49 Y92 K0	缃色 C6 M23 Y90 K0	栀子色 C3 M36 Y99 K0	明黄 C4 M14 Y78 K0
金黄 C5 M69 Y87 K0	缧黄 C30 M80 Y75 K0	琥珀黄 C0 M34 Y93 K0	铅黄 C30 M40 Y75 K10

天青 C65 M0 Y5 K0	群青 C99 M48 Y11 K1	绀色 C84 M47 Y120 K0	缥色 C50 M0 Y46 K0
花青 C95 M45 Y10 K1	苍蓝 C100 M52 Y46 K43	空青 C65 M35 Y45 K0	柔蓝 C85 M50 Y20 K10
帝释青 C100 M85 Y40 K20	霁青 C74 M2 Y24 K0	挼蓝 C60 M30 Y10 K0	月白 C11 M0 Y8 K0
碧色 C90 M0 Y55 K0	天水碧 C65 M20 Y30 K0	柳色 C45 M0 Y90 K28	草白 C85 M50 Y60 K10
铜绿 C92 M0 Y64 K0	青翠色 C67 M0 Y35 K37	官绿 C85 M50 Y95 K0	绿云 C75 M65 Y75 K30
竹绿 C96 M0 Y64 K0	草绿色 C65 M115 Y90 K0	茶色 C55 M55 Y70 K0	黛色 C40 M0 Y20 K75

| 序

你知道相思灰吗？出自李商隐的《无题》，"一寸相思一寸灰"。那不是物质经过燃烧后剩下的粉末状东西，而是摇曳着的点亮黑暗的星火，是研墨沉淀在纸上，勾勒出"人生漫长最想见"。在诗人的笔下，它超越了一片荒芜、寸草不生，成了想念与悲伤，成了复苏与心动。

你知道朱颜酡吗？出自屈原的《楚辞·招魂》，"美人既醉，朱颜酡些"。在这里，美人没有装醉，她是真的醉了。发热的脸颊，透着绯红，突然间，心动的幅度，在此刻是如此清晰。

你知道月白吗？这应该月色和夜色相拥的产物。杜牧在《猿》中言"月白烟青水暗流"。月白其实并非纯白，而是一种浅蓝泛白。漫江遍野，一片烟青相连，是谁在上空笼罩了一层美丽的月华？不禁感慨"今晚月色真美"！

…………

古人对同一色系的颜色区分多样，命名风雅至极。在他们的眼里，似乎抽象的颜色只要跟事物联系在一起，就会变得具体可见。

天桃，桃之夭夭，灼灼其华。对春的期待，便是从这朵花的绽放开始。竹绿，晚风吹动竹林，满眼皆是青翠的绿；群青，眺望远处，磅礴数千里，眼里充满了群山的绿涛；琥珀黄，深埋多年，光泽依旧，这是象征岁月的颜色印记……

这些色彩词被写入诗词，不仅凝聚了他们丰富的情感，喜悦的、不舍的，等等，同时也十分具有中国特色，能让人产生无限的遐思。

顾城曾在《学诗笔记》中说："草、云、海，是绿色、白色、蓝色的自然。

这洁净的色彩,抹去了闹市的浮尘,使我的心恢复了感知。"在诗歌的世界里,文字与颜色就是这样一对神奇的组合。

本书以诗歌作引,简单介绍了这些诗词中出现的缤纷色彩,让你在传统古诗词中感受颜色的气息,体味每一种传统颜色的浪漫。所选色彩不拘,既有常见的赤、橙、黄、绿、青、蓝、紫,又有同一色系下的不同颜色;所阐内容不拘,更多的是阐释颜色的文化内涵,颜色与诗词的碰撞等。囿于作者的知识能力,本书难免有疏漏之处,敬请各位读者朋友指正。

目录

目录

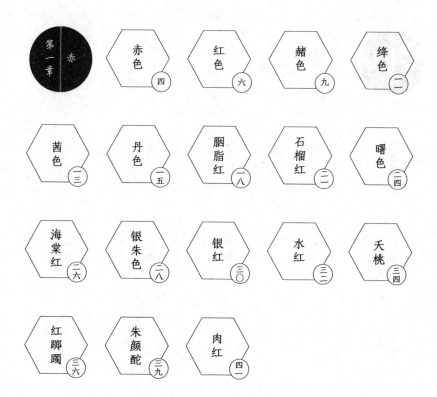

目录

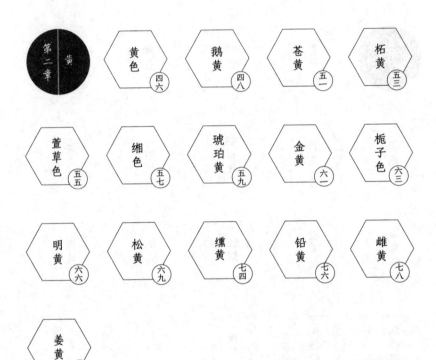

目录

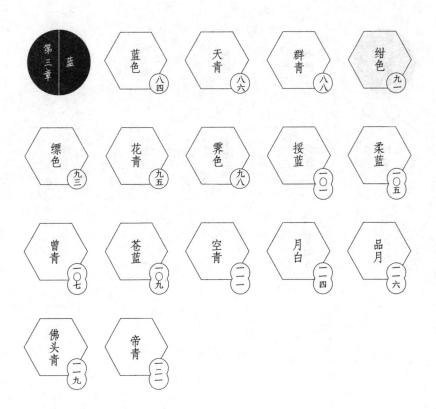

目录

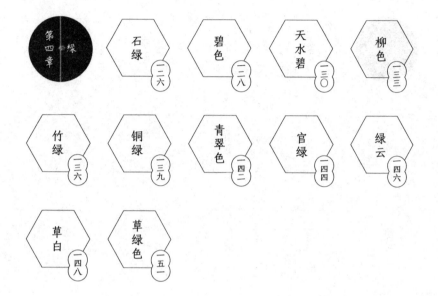

目录

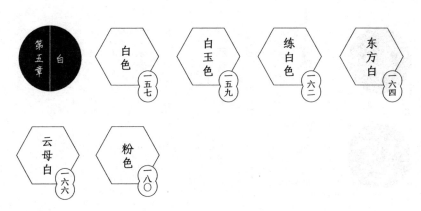

目录

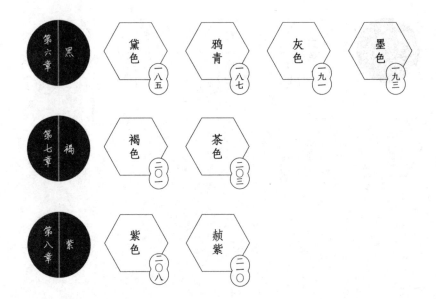

第一章　赤

・CHI

・・

李花二首·其二

〔唐〕韩愈

当春天地争奢华 [1]，洛阳园苑尤纷拏 [2]。

谁将平地万堆雪，剪刻作此连天花?

日光赤色照未好，明月暂入都交加。

夜领张彻投卢仝，乘云共至玉皇家 [3]。

长姬香御四罗列，缟裙 [4] 练帨 [5] 无等差。

静濯明妆有所奉，顾我未肯置齿牙 [6]。

清寒莹骨肝胆醒，一生思虑无由邪。

注释

[1] 争奢华：争奇斗艳。

[2] 纷拏：繁盛的样子。

[3] 玉皇家：这里形容的是月下花间宛若天宫一般。

[4] 缟裙：白色的裙子。缟，白色。

[5] 练帨：白色的佩巾。

[6] 置齿牙：说话的意思。

◎赤色

赤，是比朱红稍浅的颜色。

东汉许慎的《说文解字》曰："赤，南方色也。从大，从火。"徐锴在《说文解字系传》中云："南方之星，其中一者最赤，名大火。"成语"七月流火"指的便是这颗星星。

事实上，在古代，"赤"泛指不同的红色。而今，"赤"作为红色的意义已经较少了，多是出现在书面语中，反而是红色在日常生活中运用得较多。究其原因，主要是颜色在古代社会中颇有讲究。在最早的殷商甲骨文中，单纯表示颜色的词语只有四个，即幽（黑）、白、赤、黄。后来，因五行发展而来的五色也只有青、赤、黄、白、黑，儒家礼仪将这五种颜色定为正色。在唐以前，赤为红色的统称，运用较多。而唐以后，由于"品色服制度"的出现，大臣们的服装颜色要体现尊卑关系。因此，赤色作为正色，代表着高贵与庄严，在日常生活中运用不多，而红色作为五间色之一开始被大量使用，渐渐代替了赤色。

暮江吟

〔唐〕白居易

一道残阳铺水中，半江瑟瑟 [1] 半江红。
谁怜 [2] 九月初三夜 [3]，露似真珠月似弓。

注释

[1] 瑟瑟：颜色若碧色的宝石。

[2] 怜：爱。

[3] 初三夜：这里指的是夏历初三的晚上。

◎红色

　　《说文解字》言："红，帛赤白色也。"这里的意思是红是一种赤色与白色混合而成的色彩。

　　据考古发现，"红"字的出现大约是在商朝时期，而那时候考古学家已在殷商时期的甲骨文中发现了"赤"字。一直到唐代以后，"红"字取代"赤"字成了此色系的泛称，且一直沿用至今。

　　红色是我国人民很喜欢的一个色系，渗透在社会的各个层面。如在婚嫁习俗中，女子一般都是穿着红色礼服，且一直沿袭至今。如在很多皇室建筑中，它也是一种专用色。我们现在看到的故宫就是很好的例证。再如我国的传统节日上，也会以红色装饰，以示喜庆。等等。

　　而在诗文中，红色除了是颜色的专有名字外，由它派生出的许多词，也都有不同的意思。如将貌美的女子称为"红颜"，吴伟业在《圆圆曲》中言"恸哭六军俱缟素，冲冠一怒为红颜"，这里的"红颜"指的便是美人陈圆圆。如将女子的闺房称为"红楼"，韦庄在《菩萨蛮》中言"红楼别夜堪惆怅，香灯半卷流苏帐"。等等。

国风·邶风·简兮 [1]

〔先秦〕诗经

简兮简兮，方将万舞 [2]。

日之方中 [3]，在前上处 [4]。

硕人俣俣 [5]，公庭 [6]万舞。

有力如虎，执辔如组 [7]。

左手执龠 [8]，右手秉 [9]翟。

赫如渥赭 [10]，公言锡爵 [11]。

山有榛 [12]，隰 [13]有苓。

云谁之思 [14]？西方美人 [15]。

彼美人兮，西方之人兮。

注释

[1] 简：鼓声。简兮则是形容舞师武勇的样子。

[2] 方将：将要。万舞：舞名。

[3] 方中：正好中午。

[4] 在前上处：指的是位于行列的前面。

[5] 硕人：身材高大的人。俣（yǔ）俣：魁梧健美的样子。

[6] 公庭：公爵的庭堂。

[7] 辔：马缰绳。组：用丝织就的宽带子。

[8] 龠（yuè）：一种古乐器，指的是三孔笛。

[9] 秉：持。翟：野鸡的尾羽。

[10] 赫：红色。渥：浓厚润泽。赭（zhě）：赤褐色。

[11] 爵：青铜制酒器，用以温酒和盛酒。

[12] 榛：落叶灌木。花黄褐色，果实叫榛子，果皮坚硬，果肉可食。

[13] 隰（xí）：指的是既低洼又潮湿的地方。

[14] 云谁之思：思谁，思念谁。云，句首语助词。

[15] 美人：古代赞美男女皆可用美人，这里则指的是舞师。

送韦仁实兄弟入关

〔唐〕李贺

送客饮别酒，千觞无赭颜[1]。
何物最伤心？马首鸣金环。
野色浩无主，秋明空旷间。
坐来[2]壮胆破，断目不能看。
行槐引西道，青梢长攒攒。
韦郎好兄弟，叠玉生文翰[3]。
我在山上舍，一亩蒿磽田。
夜雨叫租吏，春声暗交关。
谁解念劳劳，苍突唯南山。

注释

[1] 赭颜：因喝酒而脸红，指的是喝醉的面容。

[2] 坐来：顷刻。

[3] 生文翰：形容文章很有文采。

◎赭色

　　《说文解字》曰："赭，赤土也。"泥土中正是因为含有氧化铁元素，即会呈现红色。因此，赭色就是由赭土制成的颜料，一般常用于壁画和服饰染色上。

　　在我国古代，自西周起，就有一套严格的服饰穿用制度。而赭色随着朝代的更替，也有不同的含义。曾经的它是囚徒服饰的常用色，自然也就是一种低贱的象征。直到五代时期，此色成了征战沙场的将领们的常用服饰色，是一种英勇无畏的象征。后来到了唐高宗时期，此色成为皇帝服饰的专用色，是一种尊贵的色彩。

　　在古诗文中，赭可指脸色，如《国风·邶风·简兮》中言："赫如渥赭，公言锡爵。"这里是形容人满面红光像赭石一般。若单用于对色彩的描绘，赭字又为诗文增添了一丝唯美的味道。如朱孝臧在《浣溪沙》中言："独鸟冲波去意闲，瑰霞如赭水如笺。"诗人将江水比作信笺，将霞光比作信笺上的红色颜料，比喻另辟蹊径，意境十分优美。

咏美人春游诗

〔南北朝〕江淹

江南二月春，东风转绿苹。
不知谁家子，看花桃李津 [1]。
白雪凝琼 [2] 貌，明珠点绛唇。
行人咸息驾 [3]，争拟洛川神 [4]。

注释

[1] 津：渡口。
[2] 琼：美玉。
[3] 息驾：停车。
[4] 洛川神：即宓妃，掌洛河的地方水神。三国曹植曾作《洛神赋》。

◎绛色

　　绛，从"纟"字部，原指一种丝织品。《晋书·礼志下》曾言："绛二匹、绢二百四。"绛，也是一种颜色名词，是由茜草的红色素重复渍染，不断加深色度而获得的。在《说文解字》中解释为"绛，大赤也"。它是一种大红色，是传统意义上的中国红色。

　　绛色其色彩的含义与用法会随着时代的演进而改变。据《后汉书·舆服志》记载，秦代的武将额头上加绛帕（头巾）以区别军阶及贵贱。古代军服亦常用绛色，一方面是为了增强阳刚和杀气，另一方面则是为了缓解将士因受伤见血时的心理压力与恐惧感。三国魏晋时期，将领们身着大红袍，则是一种威猛、神勇的象征。

浣溪沙·其十六

〔宋〕苏轼

旋抹红妆[1]看使君。三三五五棘篱门[2]。相挨踏破蒨[3]罗裙。
老幼扶携收麦社[4]，乌鸢[5]翔舞赛神村。道逢醉叟卧黄昏。

注释

[1] 旋抹红妆：旋，飞快的意思。这里指的是快速地进行装扮。
[2] 棘篱门：指用杂乱的树枝做成的篱笆门。
[3] 蒨：同"茜"，草名，可作染料，这里指的是红色的罗裙。
[4] 收麦社：祭祀土地以祈求粮食丰收的地方。
[5] 乌鸢：乌鸦和老鹰。

◎茜色

　　茜，即茜草，又名蒨草、红蓝、茹藘等，是多年生草本植物。叶子像枣叶，方梗中空，每节生五叶，开红色的花。因根茎含有红色素，可制成红色颜料。它的红色比红蓝花更深，其色相深沉鲜艳，热情洋溢中给人一种成熟感。

　　茜草是我国古代天然的红色植物染料之一，在商周时期就已广泛使用，《诗经》中曾多次提到茜草及其所染的服饰。如《诗经·郑风·出其东门》中云"出其阇闍，有女如荼。虽则如荼，匪我思且。缟衣茹藘，聊可与娱"。《诗经·郑风·东门之墠》中言"东门之墠，茹藘在阪。其室则迩，其人甚远"。

　　在汉代以前，茜色是皇家的御用之色，《汉官仪》曾云"染园出卮茜，供染御服"。后来，由于茜草染的红裙色彩明艳，又被称为"茜裙"，深得古代年轻女子们的喜爱，如在李中的《溪边吟》中言"茜裙二八采莲去，笑冲微雨上兰舟"。这里的"茜裙"便是指用茜草染的红色裙子，也代指女子。

长相思·一重山

〔五代〕李煜

一重山，两重山。山远天高烟水寒，相思枫叶丹 [1]。
菊花开，菊花残。塞雁高飞 [2] 人未还，一帘风月闲 [3]。

注释

[1] 相思枫叶丹：丹，红。枫，一种落叶乔木，叶子到了秋天会变成红色。此句一语双关。既言相思到枫叶红的时候，也以枫叶之红来衬托相思的愁苦。

[2] 塞雁高飞：塞雁，取每年往返于塞内塞外之意。

[3] 闲：这里指的是无人欣赏。

| ◎丹色 | 《说文解字》中云："丹，巴越之赤石也。象采丹井，一象丹形。凡丹之属皆从丹。"可见，丹色指的是古代巴越地区出产的赤石的颜色，色相类似红中带黄。

"丹"的本义为丹砂，朱砂，是一种含汞的红色矿物。如《史记·陈涉世家》中曾言"乃丹书帛曰'陈胜王'"。丹砂在道教中占有重要的地位，术士以丹砂炼丹。

古人习惯将画作称为"丹青"，因为那时候的人们常用丹色和青色一同入画。而李煜在《长相思》中言"山远天高烟水寒，相思枫叶丹"，这里诗人借助秋日的枫叶从绿色变成了丹色，如同那个等待久了的人，徒留无尽的思念，意境十分凄美。

丹色在诗歌意象中也是一种高尚情操和爱国情怀的象征。如文天祥在《过零丁洋》中云："人生自古谁无死，留取丹心照汗青。" |

素描——枫叶丹

一重山，两重山。
山远天高烟水寒，相思枫叶丹。

　　　　　——〔五代〕李煜

渔家傲·粉蕊丹青[1]描不得

〔宋〕欧阳修

　　粉蕊丹青描不得。金针线线功难敌。谁傍暗香轻采摘。风淅淅[2]。船头触散双鹨鶒[3]。

　　夜雨染成天水碧。朝阳借出胭脂色。欲落又开人共惜。秋气逼。盘中已见新荷的[4]。

注释

[1] 丹青：指的是绘画用的一种颜料。

[2] 淅淅：形容风声。

[3] 鹨鶒：一种水鸟，俗称紫鸳鸯。

[4] 荷的：的，通"菂"。莲子。

◎胭脂红

胭脂是一种红色的化妆品，常涂在两颊或嘴唇上。它也是一种国画颜料。古代胭脂主要是由红花、茜草等植物，通过捶捣淬炼成汁液再凝制成的。

在古代，胭脂又称作燕脂、焉支或燕支。关于胭脂，有两种不同的传说。一则是，在商纣王时期，燕地的妇女采用红蓝花的汁液，凝结而成了咸脂，因在燕国而得此名；一则是，胭脂原产于我国西北匈奴地区的焉支山，匈奴贵族妇女常以"焉支"（胭脂）妆饰脸面。在公元前139年，汉武帝派张骞出使西域。张骞此行带回了西域各族的异国文化和民族风物，其中包括胭脂。汉代以后，由于胭脂的推广，妇女作红妆之风日益盛行，且历久不衰。

素描——胭脂红

夜雨染成天水碧。朝阳借出胭脂色。
欲落又开人共惜。秋气逼。

——〔宋〕欧阳修

南乡子·裙带石榴红

〔宋〕苏轼

沈强辅雯上出犀丽玉作胡琴送元素还朝，同子野各赋一首[1]。

裙带石榴红，却水殷勤解赠侬[2]。应许逐鸡[3]鸡莫怕，相逢。一点灵心必暗通。

何处遇良工，琢刻天真半欲空[4]。愿作龙香双凤拨，轻拢[5]，长在环儿白雪胸。

注释

[1] 熙宁七年 (1074) 秋九月，杨绘 (元素) 自杭州被召入翰林院，时苏轼移知密州，同行至湖州，州人沈强辅在宅上设宴送之，宴前命妓弹奏胡琴。张子野与苏轼各赋《南乡子》一首。沈强辅，名冲。子野，张先之字。犀：指犀牛角。丽玉：指良玉。皆胡琴上饰物。参见吴聿《观林诗话》及子野同调之作。

[2] 侬：古代吴语，指我。

[3] 逐鸡：随鸡。宋时谚语："嫁得鸡，逐鸡飞；嫁得狗，逐狗走。"见庄绰《鸡肋编》卷下。

[4] "何处"二句：手艺高超的工人将胡琴上的犀牛角与丽玉，雕刻得玲珑剔透。

[5] 轻拢：弹拨时的动作。

◎石榴红

　　石榴红，即指植物石榴花朵的颜色。这是一种明度和纯度都比较高的颜色，给人一种美艳娇嫩的色彩感觉。

　　石榴花有橘红、黄、白三种颜色，花期较长，一般在五月盛开，其中以橘红最惹人爱。韩愈曾有诗云："五月榴花照眼明，枝间时见子初成。"苏轼曾在《阮郎归·初夏》中言"微雨过，小荷翻。榴花开欲然"。王安石也曾在《咏石榴花》中咏"浓绿万枝红一点，动人春色不须多"。足见，石榴花的鲜艳显眼。

　　石榴花是古代服饰的重要染料之一。在唐代，这种用石榴花漂染的红裙，很受当时女子的喜爱。诗人万楚曾在诗中言"眉黛夺将萱草色，红裙妒杀石榴花"，描绘的即当时女子的红裙与石榴花"争艳"的景象。后来，"石榴裙"也常常被用来指代美女。如在俗语中便有"拜倒在石榴裙下"一句，这里的"石榴裙"便指的是倾国倾城的美人。

归朝欢·别岸 [1] 扁舟三两只

〔宋〕柳永

　　别岸扁舟三两只。葭苇萧萧风淅淅 [2]。沙汀 [3] 宿雁破烟飞，溪桥残月和霜白 [4]。渐渐分曙色。路遥山远多行役 [5]。往来人，只轮双桨，尽是利名客。

　　一望乡关 [6] 烟水隔。转觉归心生羽翼。愁云恨雨两牵萦，新春残腊 [7] 相催逼。岁华都瞬息 [8]。浪萍风梗 [9] 诚何益。归去来、玉楼 [10] 深处，有个人相忆。

注释

[1] 别岸：指的是对岸。
[2] 葭苇：芦苇，多生长在水边。萧萧：用来形容风声。淅淅：指的是风吹芦苇时的摩擦声。
[3] 汀：水边陆地。
[4] 溪桥残月和霜白：这里指的是溪桥边的月色和霜色连成一片，相互映照，而难以分辨。
[5] 多行役：这里指岸边多是行役之人。
[6] 乡关：故乡，这里指的是汴京。
[7] 新春残腊：这里指的是将近年关。残腊：指的是腊月的尾端。
[8] 瞬息：形容时间极其短暂。
[9] 浪萍风梗：形容行踪飘忽不定。
[10] 玉楼：这里指的是妻子居住的地方。

菩萨蛮·归鸿 [1] 声断残云碧

〔宋〕李清照

　　归鸿声断残云碧。背窗 [2] 雪落炉烟直。烛底凤钗 [3] 明。钗头人胜轻。

　　角 [4] 声催晓漏 [5]。曙色回牛斗 [6]。春意看花难。西风留旧寒。

注释

[1] 归鸿：这里指春天北归的大雁。
[2] 背窗：身后的窗子。
[3] 凤钗：即头钗，古代妇女的首饰。因其形如凤，故名。
[4] 角：古代军中的一种乐器。此处含有敌兵南逼之意。
[5] 漏：古代滴水计时的器具。
[6] 牛斗：与斗、牛同。两个星宿名。

◎曙色

　　曙色，形容的是黎明时分，旭日东升，天空被阳光染成的颜色，其色泽是一种红中略黄，偏橘红的色彩。

　　曙色是我国国画颜料中的用色之一，在西方的洋红色还未传入时，画家们多采用赭石或银朱混入白色的蛤壳粉调和而成曙色。

　　在自然中，曙色会因地理环境的变化呈现出不同的色感。而在古诗词中，诗人们对日出时的曙色描绘，多寄托了其个人感情。

　　如杜审言在《和晋陵陆丞早春游望》中言："云霞出海曙，梅柳渡江春。淑气催黄鸟，晴光转绿蘋。"

　　如祖咏的《望蓟门》咏"万里寒光生积雪，三边曙色动危旌"，万里积雪笼罩着冷冽的寒光，边塞的曙光映照着旌旗飘动。

　　再如李清照的《菩萨蛮·归鸿声断残云碧》咏"角声催晓漏。曙色回牛斗。春意看花难。西风留旧寒"，一夜凄凄角声把晓色催来，看晓漏已是黎明时分，斗转星移，天将破晓。从薄暮到深夜，以至天明。它们都是通过客观景物的色彩、声响和动态，表现主人翁通宵不寐的状态。

定风波·暖日闲窗映碧纱 [1]

〔唐〕欧阳炯

　　暖日闲窗映碧纱，小池春水浸晴霞。数树海棠红欲尽 [2]，争忍，玉闺深掩过年华。

　　独凭绣床方寸乱 [3]，肠断 [4]，泪珠穿破脸边花 [5]。邻舍女郎相借问，音信，教人羞道未还家。

注释

[1] 碧纱：指绿色的窗纱。

[2] 红欲尽：指花儿将要凋谢。

[3] 方寸乱：指心烦意乱，心绪不宁。

[4] 肠断：指极度悲伤。

[5] 脸边花：指女子脸上那如花的粉妆。

◎海棠红	海棠红，指植物海棠花朵的颜色，呈现淡紫红色，是非常妩媚娇艳的颜色。
	海棠属于蔷薇科植物，有很多不同的品种。在中国有"海棠四品"之说，包括西府海棠、垂丝海棠、贴梗海棠和木瓜海棠。而海棠花则是海棠中的一种代表性植物，为蔷薇科、苹果属落叶乔木。
	在我国古代制瓷业中，由于受着色剂和烧造温度等影响，海棠红是十分难得的颜色。因此，若能烧制成这种色泽，多被奉为珍品。
	而在古诗词中，很多诗人对它都不吝啬赞美之词，如欧阳炯在《定风波》中言"数树海棠红欲尽，争忍，玉闺深掩过年华"，表达惜春之情；又如陆游在《初春探花有作》中咏"千缕未摇官柳绿，一梢初放海棠红"，表达探春、逢春之喜。

珍珠帘·寿岳君选

〔宋〕蒋捷

　　书楼四面筠帘[1]卷，微薰[2]起，翠弄悬签丝软。楼上读书仙，对宝狻霏转。绣馆[3]钗行云度[4]影，滟寿觥，盈盈争劝。争劝。奈芸边事[5]切，花中情浅。

　　金奏未响昏蜩[6]，早传言放却，舞衫歌扇。柳雨一窝凉，再展开湘卷。万颗蕖心琼珠辊[7]，细滴与、银朱小砚。深院，待月满廊腰，玉笙又远。

注释

[1] 筠帘：竹帘。筠，竹子的青皮，借指竹子。
[2] 微薰：此处指的是薰炉的香气。
[3] 绣馆：精致的楼馆。
[4] 钗行云度：女子走路时的风姿。
[5] 芸边事：古时称藏书的地方为"芸台""芸阁"，这里指读书之事。
[6] 蜩：古书上指的是蝉，这里指的是嘈杂之声。
[7] 辊：这里指荷叶上的水珠滚动的样子。

◎银朱色

　　银朱，是一种红色系矿物颜料，银也叫紫粉霜，是我国古代最早发明的化学颜料之一。因由水银提炼而成，故名。

　　胡演在《丹药秘诀》中曾记录了银朱的制法："升炼银朱，用石亭脂二斤，新锅内熔化，次下水银一斤，炒作青砂头，炒不见星。研末罐盛，石板盖住，铁线缚定，盐泥固济，大火之。待冷取出，贴罐者为银朱，贴口者为丹砂。"

　　"朱"与"赤"的意义相近，也常被用来表示红色。比如，我国古代的四大神兽之一的"朱雀"，在《梦溪笔谈》中，言"鸟谓朱者，羽族赤而翔上，集必附木，此火之象也"。再比如"朱砂"，就是有金属光泽的大红色，多使用在绘画和批注上。"朱批"一词的由来便与此有关。

　　宋代诗人蒋捷在《珍珠帘·寿岳君选》中咏："万颗蓁心琼珠辊，细滴与、银朱小砚。"

　　元代诗人柳贯在《赠别宋季任赴甘肃提举二十韵》中言："职司虽翰墨，佩服已银朱。"

小重山·晴浦[1] 溶溶[2] 明断霞[3]

〔宋〕蒋捷

晴浦溶溶明断霞。楼台摇影处、是谁家？银红裙裥[4]皱宫纱。风前坐，闲斗郁金芽。

人散树啼鸦。粉团[5]黏不住、旧繁华。双龙尾上月痕斜。而今照，冷淡白菱花。

注释

[1] 浦：水边或河流入海的地方。这里指湖面。
[2] 溶溶：形容水面宽广的样子。
[3] 断霞：一段晚霞。
[4] 裥：衣服上打的褶子。这里指折叠的裙幅。
[5] 粉团：这里指花团。

◎银红

　　银红，实际上是由银朱与粉红色配成的颜色，似有银光的红中泛白之色。这里的银是形容色值很亮的一种传统说法。

　　宋应星在《开工开物》中曾云："莲红、桃红色、银红、水红色：以上质亦红花饼一味，浅深分两加减而成。是四色皆非黄茧丝所可为，必用白丝方现。"这里的"红花饼"指的是用菊科的红花的花制成的饼。银红和莲红、桃红、水红一样，都是以红花饼为原料，只不过颜色的深浅主要视染料用量的增减而定，且这四种颜色都必须用白丝才能呈色。

题城南杜邠公林亭

〔唐〕温庭筠

时公镇淮南，自西蜀移节。

卓氏垆 [1] 前金线柳，隋家堤畔锦帆风。
贪为两地分 [2] 霖雨，不见池莲照水红。

注释

[1] 卓氏垆：相传西汉司马相如和卓文君结为夫妻后，二人开有一酒肆，由卓文君当垆，司马相如当佣。后来，人们以"文君当垆"这一典故来歌咏酒家。

[2] 分：一作"行"。

◎水红

　　水红，是一种略深于粉红色且较鲜艳、娇嫩的颜色。花映水红，色彩浅淡中又十分饱和，给人一种愉悦感。

　　也有人认为，这是古人将颜色的具象和雨水的节气完美搭配，从而形成的一种颜色，是一种属于春的颜色。因而在古诗词中，也多有体现。温庭筠在《和太常杜少卿东都修行里有嘉莲》中云"春秋罢注直铜龙，旧宅嘉莲照水红"；杨尧善在《题武夷》中云"幔亭烟带凌霄紫，玉女霜华照水红"；卫宗武在《春怀》中云"柔绿尚含滋，水红悭破萼"。

闲步

〔明〕袁中道

舟居翻爱步，三里傍江斜。
山雨犹藏树，溪风忽聚花。
穿云闲拣石，折柳坐书沙。
望望夭桃[1]色，层城[2]一片霞。

注释

[1] 夭桃：比喻年少貌美。
[2] 层城：比喻一群群的男女。

◎天桃

桃色，指的是桃花的颜色，比粉红色更为鲜润。

自古以来，文人墨客多以桃花来比喻女子的面容。所谓"人面桃花"，便是指女子那巧笑倩兮的迷人风姿。

又或以桃红比喻爱情。比如《诗经·周南·桃夭》中言"桃之夭夭，灼灼其华。之子于归，宜其室家"。寥寥数语，既勾勒出桃花盛开的美景，又暗喻了新嫁娘的美丽容貌和美好德行。

但桃色究竟是一种什么样的颜色？我们可以从诗词中来感受这种颜色的氛围，如毛滂在《清平乐》中描绘了此色的意境，"桃夭杏好。似个人人好。淡抹胭脂眉不扫。笑里知春占了。此情没个人知。灯前子细看伊。恰似云屏半醉，不言不语多时。"

也正因桃花的娇艳且短暂，清初文学家李渔才会说："色之极媚者莫过于桃，而寿之极短者亦莫过于桃。'红颜薄命'之说单为此种。"

天生丽质的桃花，在文人的笔下，演绎出了许多爱情故事，也背负了许多世人的辱骂。这着实是冤枉了这一树的桃花。"桃园三结义"便是很好的佐证。

题元八溪居

〔唐〕白居易

溪岚 [1] 漠漠树重重，水槛山窗次第 [2] 逢。
晚叶尚开红踯躅 [3]，秋芳初结白芙蓉。
声来枕上千年鹤，影落杯中五老峰 [4]。
更愧 [5] 殷勤留客意，鱼鲜饭细酒香浓。

注释

[1] 岚：山林中的雾气。
[2] 次第：依次。
[3] 红踯躅（zhí zhú）：即杜鹃花，因花为红色，故称"红踯躅"。
[4] 五老峰：庐山东南部的五个山峰的合称。
[5] 愧：惭愧。

◎红踯躅

　　红踯躅，又名杜鹃花，顾名思义，乃是指杜鹃花之色。

　　白居易《题元八溪居》咏"晚叶尚开红踯躅，秋芳初结白芙蓉"。秋叶间依然有红红的杜鹃绽放，初秋的花朵只看到洁白的芙蓉。诗人很懂得作画构图、敷彩的美学原理，选取红白两色入诗，对比鲜明，色彩效果十分强烈。

　　此外，许多诗人都曾在诗歌中记录过此色。皇甫松在《天仙子》中咏"踯躅花开红照水，鹧鸪飞绕青山觜"。韩愈在《送侯参谋赴河中幕》中咏"三月崧少步，踯躅红千层"。满山火红的杜鹃花，怎能不使人沉醉？

前有一樽酒行二首

〔唐〕李白

其一

春风东来忽相过，金樽绿酒 [1] 生微波。

落花纷纷稍觉多，美人欲醉朱颜酡 [2]。

青轩桃李能几何？流光欺人忽蹉跎 [3]。

君起舞，日西夕。

当年意气不肯倾 [4]，白发如丝叹何益？

其二

琴奏龙门之绿桐，玉壶美酒清若空。

催弦拂柱 [5] 与君饮，看朱成碧 [6] 颜始红。

胡姬貌如花，当垆笑春风。

笑春风，舞罗衣。

君今不醉欲安归？

注释

[1] 绿酒：即清酒。
[2] 酡：因饮酒而面红。
[3] 蹉跎：虚度光阴。
[4] 倾：超越。
[5] 催弦拂柱：弹琴前的准备工作。催弦，上紧琴弦。拂柱，调整弦柱。
[6] 看朱成碧：形容喝酒喝得头晕眼花，视线模糊。

劝酒

〔唐〕孟郊

白日无定影，清江无定波。
人无百年寿，百年复如何。
堂上陈美酒，堂下列清歌[1]。
劝君金屈卮，勿谓朱颜酡。
松柏岁岁茂，丘陵[2]日日多。
君看终南山，千古青峨峨[3]。

注释

[1] 清歌：清亮的歌声，这里指歌姬。
[2] 丘陵：这里指的是坟墓。
[3] 峨峨：形容高峻的样子。

◎朱颜酡

朱颜酡，最早出自《楚辞·招魂》，其中有一句"美人既醉，朱颜酡些"。即美人喝醉后的面红之色。

自古以来，许多诗人都歌咏过该颜色。如王褒在《题南康翁教授匡山读书处》中咏"手招谪仙人，宴坐朱颜酡"。孟郊在《劝酒》中咏"劝君金曲卮，勿谓朱颜酡"。白居易在《咏兴五首·小庭亦有月》中咏"请客稍深酌，愿见朱颜酡"。于谦在《醉时歌》中咏"酒满金杯泛绿波，主人半醉朱颜酡"。

事实上，这种酒后的酡颜之色，会让人不由地联想起"贵妃醉酒"的画面，"红潮生面酒微醺"，这一抹红是何等的妖媚、诱人！

减字木兰花·己卯儋耳春词

〔宋〕苏轼

春牛 [1] 春杖 [2]，无限春风来海上。便丐 [3] 春工，染得桃红似肉红 [4]。

春幡 [5] 春胜，一阵春风吹酒醒。不似天涯 [6]，卷起杨花 [7] 似雪花。

注释

[1] 春牛：即土牛，古时农历十二月出土牛以送寒气，第二年立春再造土牛，以劝农耕，并象征春耕开始。

[2] 春杖：农夫持犁杖而立，杖即执，鞭打土牛。也有打春一称。

[3] 丐：乞求。

[4] 肉红：这里指桃花鲜红如血肉一般。

[5] 春幡（fān）：春旗。在古代的立春日，人们会在树枝上张挂春旗，或将剪成的小幡戴在头上，以此迎接春的到来。

[6] 天涯：多指天边。此处指诗人被贬谪之地，即海南岛。

[7] 杨花：柳絮。

◎肉红

　　李斗在《扬州画舫录》中言"桃红、银红、靠红、粉红、肉红，即韶州退红之属"；陶宗仪在《南村辍耕录·采绘法》中言"肉红，用粉为主，入燕支合"。可见，肉红是一种粉色与红色的调和色。这里注意，古人所言的粉色多是一种白色。

　　而这种颜色在古诗词中多是形容花和女子的，如林逋在《春日寄钱都使》中咏"桃花枝重肉红垂，萱草抽苗抹绿肥"；欧阳修在《少年游》中咏"肉红圆样浅心黄，枝上巧如装"；周密在《满庭芳》中咏"玉沁唇脂，香迷眼缬，肉红初映仙裳"；范成大在《题张希贤纸本花四首·牡丹》中咏"洛花肉红姿，蜀笔丹砂染"。

第二章　黄

·HUANG

宿新市 [1] 徐公店 [2]

〔宋〕杨万里

篱落 [3] 疏疏一径深，树头花落未成阴 [4]。
儿童急走追黄蝶，飞入菜花无处寻。

注释

[1] 新市：地名。
[2] 徐公店：公是古代对男子的尊称，这里指的是姓徐的人开的店。
[3] 篱落：篱笆。
[4] 阴：树荫。

◎黄色

　　"黄"的本义是土地的颜色。古代以五色配五行五方，其中土色黄，居中。《说文解字》中言"黄，地之色也。从田从艾，艾亦声。艾，古文光。凡黄之属皆从黄"。《周易》有言："夫玄黄者，天地之襍也，天玄而地黄。"《论衡》有言："黄为土色，位在中央。"《礼记》也有言："黄者中也。"可见，黄色不仅仅是大地之色，在我国的传统色彩中，它也是中央正色，是一种正统、尊贵的象征。

　　在古代，植物染料是最常见的天然染料之一。人们多从植物的根、茎、叶、花、果实中提取能着色的物质，充当染料。这其中，黄色染料，多是从槐花、姜黄、黄蘗、栀子等中提取而来的。

　　事实上，在我国的传统文化中，黄的含义也十分丰富。首先，自古以来，我国以农立国，人们对土地有着深厚的感情。因此，作为大地之色，"黄色"极被人们尊崇，甚至于我国一直流传着上古神话——女娲抟黄土造人的传说。其次，黄色也象征了君权神授，是神圣而不可侵犯的。它是自古君王的专属颜色，普通人是不能随便使用"黄色"的。明代王夫之在《读通鉴论》中言"开皇元年，隋主服黄，定黄为上服之尊，建为永制"。赵匡胤"陈桥兵变，黄袍加身"，推翻后周政权，建立了宋朝。

　　另外，"黄"也是秋天的颜色。《诗经·小雅·何草不黄》中言"何草不黄，何日不行"。树叶泛黄，果实成熟，金黄吞没了墨绿，吸引着每个人的目光，让人觉得那灿烂广阔的大地真的是无边无际的呀。

长相思·深花枝 [1]

〔宋〕欧阳修

深花枝。浅花枝。深浅花枝相并时。花枝难似伊。

玉如肌 [2]。柳如眉 [3]。爱著鹅黄金缕衣。啼妆 [4] 更为谁。

注释

[1] 花枝：这里比喻美女。

[2] 玉如肌：形容肌肤白润如玉。

[3] 柳如眉：形容女子的眉毛很细挑，如柳叶般细长。

[4] 啼妆：古代女子的一种妆容样式。以粉擦拭目下，如有泪痕的样子，故名。

◎鹅黄

鹅黄，一种嫩黄色，即像小鹅绒毛那般的黄色。在古代，鹅黄多是用黄蘗煎水制成的一种植物染料，常用于服饰的染色中。

在诗词中，鹅黄是川中名酒的名称。因酒色若鹅毛之淡黄，故名。杜甫在《舟前小鹅儿》中也言"鹅儿黄似酒，对酒爱新鹅"。《方舆胜览》中曾记载："杜甫诗'鹅儿黄似酒，对酒爱新鹅'"。故陆游诗云'两川名酝避鹅黄'，乃汉中酒名，蜀中无能及者。"后来，便又以"鹅黄"指代酒。如苏轼在《浣溪沙》中言"金钗玉腕泻鹅黄"；吕渭老在《南歌子·远色连朱阁》中言"小炉温手酌鹅黄"。

鹅黄也被用来形容茶色，如黄庭坚的《西江月·茶》言"已醺浮蚁嫩鹅黄，想见翻成雪浪"。另外，鹅黄也被用来形容初生的柳蕊，或指代柳枝。王安石在《南浦》中言"含风鸭绿粼粼起，弄日鹅黄袅袅垂"；纳兰性德在《卜算子·新柳》中言"多事年年二月风，剪出鹅黄缕"。

素描—鹅黄

爱著鹅黄金缕衣。啼妆更为谁。

——〔宋〕陈舜俞

杂歌谣辞·李夫人歌

〔唐〕李商隐

一带不结心，两股方安髻。惭愧白茅人，月没教星替 [1]。
剩结茱萸枝，多擘秋莲的 [2]。独自有波光，彩囊盛不得。
蛮丝系条脱，妍眼和香屑。寿宫不惜铸南人，柔肠早被秋眸割。
清澄有余幽素香，鳒鱼渴凤真珠房 [3]。不知瘦骨类冰井，更许夜
帘通晓霜。土花 [4] 漠碧云茫茫，黄河欲尽天苍黄。

注释

[1] 月没教星替：月没，月亮隐没，这里指的是李商隐的亡妻王氏。星替，星星无光。这里指欲嫁给李商隐的张懿仙。
[2] 多擘秋莲的：擘，剥开。的，莲子。这里指的是多剥莲子以怜爱自己孩子的意思。
[3] 鳒鱼渴凤真珠房：这里指思念亡妻，愁思不能寐。
[4] 土花：青苔。

◎苍黄

　　苍黄，是一种黄而发青，灰暗的黄色。《说文解字》中言"苍，草色也"。《广雅》中言"苍，青也"。可见，"苍黄"的本义应该是青与黄两种颜色。

　　《墨子·所染》中云：苍指青色，黄指黄色，素丝染色，可以染成青的，也可以染成黄的。后来不但有了"苍黄翻覆"，也有了"染丝之变"，借指事物变化无常。古代文人常用此来形容萧条、荒凉的环境。

宫词·其一

〔唐〕王建

蓬莱^[1]正殿压金鳌^[2]，红日初生碧海涛^[3]。
闲著五门遥北望，柘黄新帕御床高^[4]。

注释

[1] 蓬莱：原指神话中渤海里仙人居住的地方，这里指长安的大明宫含元殿。

[2] 金鳌：神话中海里的金色巨龟，这里指的是宫殿里的浮雕。

[3] 红日初生碧海涛：这里是写皇帝御座后面屏风上面的图案景象。

[4] 柘黄新帕御床高：这里写的是皇帝御榻上的柘黄色的背垫和坐垫。

◎柘黄

柘黄，又名杏黄，是一种带有红色调的暖黄色。因由柘树的黄色汁液染色而成，故名。而"杏黄"一名则是因它也很像成熟了的杏子的颜色，故名。

柘树属于桑科落叶灌木或小乔木。由于它的生长周期较长，物以稀为贵，柘树是我国名贵树种之一，素有"南檀北柘"的美名。

李时珍在《本草纲目》中言"柘木染黄赤色，谓之柘黄，天子服"。柘黄是我国传统色彩中象征权威的代表色之一，是自古以来帝王使用时间最长的颜色。隋朝时期，文帝在位期间，十分钟爱用柘木染成的柘黄袍，"着柘黄袍、巾、带听朝"成为这位皇帝的日常。唐承隋制，天子也是穿着柘黄袍听朝理政，甚至于开始明令禁止臣民穿着黄色的衣物。久而久之，柘黄成了皇帝的御用服饰颜色。此惯例一直延续至清代，明黄才取代了柘黄，成为皇家之色。由是，在这层意义上，"柘黄"自带了一种尊贵的光环。

在诗词中，也多有"柘黄"色的出现，如宋代诗人陆游在《秋兴》中咏"中原日月用胡历，幽州老酋著柘黄"，再如宋代诗人汪元量在《汉宫春·春苑赏牡丹》中咏"柘黄独步，昼笼晴，锦幄张天"等。这些诗句里的"柘黄"，不仅是一种色彩的体现，更是一种服饰的指代，借用背后的历史文化意义，鲜明地表达诗人的喜恶。

赠刘景文 [1]

〔宋〕苏轼

荷尽已无擎雨盖 [2]，菊残犹有傲霜枝 [3]。
一年好景君须记，最是橙黄橘绿时 [4]。

注释

[1] 刘景文：即刘季孙，字文景。苏轼在杭州时，与其人有文字之交。
[2] 荷尽已无擎雨盖：擎雨盖，荷叶像伞一样可以遮蔽雨。这句是说荷花已经开败了，没有碧绿的荷叶了。
[3] 菊残犹有傲霜枝：残，开败了。这句是说菊花凋零后，只剩下不怕霜打的枝叶。
[4] 最是橙黄橘绿时：橙、橘，皆为水果，这里指的是当出现黄绿相间的景象时，才是这一年里最美好的时刻。

◎萱草色

　　萱草色，又名橙黄。因由萱草花的汁液染色而成，故名。其色泽黄中带红，似橙色或橘黄色，是一种暖调的黄色。

　　萱草，古名谖草，属于百合科，多年生草本植物，别称黄花菜、金针菜等。此植物不仅可以入药，也可以做菜食用，同时，它也是古代常用的黄色植物染料之一。在唐代，这种橙黄色调的萱草色是当时的流行色，风靡一时。唐代诗人万楚曾在《五日观妓》中写有"眉黛夺将萱草色，红裙妒杀石榴花"，足见当时女子对此色的钟爱。

　　古人认为，萱草可以使人忘忧，故它也有"忘忧草"之称。因此，在传统的诗词语境中，诗人不仅借用萱草表达对远方亲人的思恋之情，甚至于直接用它来代表母亲。如《诗经·卫风·伯兮》中言"焉得谖草？言树之背"，白居易在《别萱桂》中言"使君竟不住，萱桂徒栽种。桂有留人名，萱无忘忧用。不如江畔月，步步来相送"。

荷

〔唐〕李峤

新溜满澄陂，圆荷影若规^[1]。
风来香气远，日落盖阴^[2]移。
鱼戏排缃^[3]叶，龟浮见绿池。
魏朝难接采，楚服但同披。

注释

[1] 规：指的是一种圆形的校正工具。

[2] 阴：同"荫"。

[3] 缃：浅黄色，这里指的是新生的荷的颜色。

◎缃色

　　缃，形声字，从系，相声。《释名》中言："缃，桑也。如桑时，初生之色也。"我国古代"农桑并举"，这种若初生桑叶的颜色，是一种新生之色。《说文新附·糸部》言："缃，帛浅黄色也。"可见，缃是一种浅黄色，或是一种浅黄色的丝织品。

　　缃色是我国古代的一种色彩名词，虽然现在已很少使用了，但在古代，这种淡雅的颜色不仅常常被用作女子的衣裙色，而且在茶文化里，也是上品好茶的代表色。汉乐府诗《陌上桑》中就有"缃绮为下裙，紫绮为上襦"的描述。唐代茶学家陆羽曾在《茶经·五之煮》中言，一碗好的茶汤，"其色缃也"。

　　另外，古人也常将这种缃色作为书籍、画卷的书衣、封套的用色。如纳兰性德在《鹊桥仙》中言"倦收缃帙，悄垂罗幕，盼煞一灯红小"。这里的"缃帙"便是指包在书籍外的浅黄色的书套。徐渭在《宴集翠光岩》中也曾云："暂脱锦袍悬翠壁，忽抽彤管拂青缃。"

　　这种文雅轻盈，充满书卷气息的色彩，一直沿用到清代，后来渐渐被现代颜色词"浅黄色"所替代。

浣溪沙·莫许 [1] 杯深琥珀 [2] 浓

〔宋〕李清照

莫许杯深琥珀浓，未成沉醉意先融。疏钟已应晚来风。
瑞脑 [3] 香消魂梦断，辟寒金 [4] 小髻鬟松。醒时空对烛花红。

注释

[1] 莫许：莫辞的意思。
[2] 琥珀：一种美酒，色泽如琥珀般。
[3] 瑞脑：一种名贵的香。
[4] 辟寒金：一种首饰。

○琥珀黄	琥珀色，即琥珀的颜色，属暖色调。琥珀是数千万年前埋藏于地下的树脂形成的一种树脂化石，多为浅棕色或者棕黄色，是一种贵重的雕刻材料。 　　晶莹的琥珀色是我国传统颜色名词，多用来形容美酒的光泽，因我国最早出现的酒呈黄橘色，故又称黄酒。文人墨客多喜欢用剔透的琥珀色来比喻酒色，以增加酒的高贵色彩和浪漫情调。如李白《客中行》中的"兰陵美酒郁金香，玉碗盛来琥珀光"等。

四时田园杂兴·其二十五

〔宋〕范成大

梅子金黄杏子肥[1]，麦花雪白菜花稀[2]。
日长篱落无人过[3]，惟有蜻蜓蛱蝶飞[4]。

注释

[1] 梅子金黄杏子肥：梅子，梅树的果实。肥，指果肉饱满。这里说的是江南的初夏，梅子变得金黄，杏子也越长越大。

[2] 麦花雪白菜花稀：麦类的花儿一片雪白，油菜花却是变得稀稀落落的了。

[3] 日长篱落无人过：篱落，即篱笆。这里指的是日子变得越来越长，人们忙于农事，篱笆边上行人越来越少。

[4] 惟有蜻蜓蛱蝶飞：惟有，只有。蛱蝶，蝴蝶的一种。这是指只有蜻蜓、蝴蝶在篱笆边飞来飞去。

◎金黄

　　金黄是一种显露金属光泽及呈微红的暖黄色，多用来形容黄金的颜色。在《说文解字》中，"金，五色金也。黄为之长。久埋不生衣，百炼不轻，从革不违，西方之行，生于土"。其本义是金属，这里的五色即黄金、白银、赤铜、青铅、黑铁，但由于此物具有黄的颜色属性，因此，"金黄"便有了颜色义。

　　金黄色自古以来都是富贵、华丽、财富的象征。因此，此色也自带一种灿烂辉煌的气质。在我国古代的神话传说中，炽热的太阳被称为"金乌"。此外，不管是宫廷还是佛寺，都会大量使用金黄色。由此，佛寺也常被人称为"金刹"，佛身被称为"金身"。

　　而在古诗词中，也常出现这种颜色，特别是在写秋天的诗词中，如杨万里写秋日的菊花，咏"野菊荒苔各铸钱，金黄铜绿两争妍"等。

兴福院[1] 僧房

〔宋〕陈舜俞

东西游遍两山村，栀子黄时橘满园。
唯有小轩临小涧，病僧欹[2] 枕听潺湲[3]。

注释

[1] 兴福院：位于庐山南麓，始建于唐朝。
[2] 欹：斜倚，斜靠。
[3] 潺湲：形容河水等慢慢流动的样子。

◎栀子色

栀子色是由栀子的果实浸染织物所得到的颜色，染成的黄色微泛红光。

栀子，茜草科，栀子属，常绿小乔木或灌木，也称山栀、黄栀子，主要分布于我国中、南部。一般来说，人们只知道栀子花开，却很少见过栀子结果的。它的果实呈椭圆形，黄红色，因含"藏花酸"的黄色素，果实经压榨后所获得的黄色汁液就可直接浸染丝帛与棉织物。

自汉代开始，栀树开始被广泛种植。《史记·货殖列传》中曾有"若千亩卮茜，千畦姜韭，此其人皆与千户侯等"的记载。这里的"卮"便是指栀子树，这里的"茜"则是可以染出红色的茜草。而在当时，若大量种植这两种植物，便等同拥有了千户侯的地位，不禁让人感慨，这该是何等富贵之色啊！

素描—栀子

东西游遍两山村，栀子黄时橘满园。
唯有小轩临小涧，病僧欹枕听潺湲。

　　　　　——〔宋〕陈舜俞

秋蕊香·木樨 [1]

〔宋〕赵以夫

一夜金风，吹成万粟，枝头点点明黄。扶疏 [2] 月殿影，雅澹道家装。阿谁 [3] 倩、天女散浓香。十分熏透霓裳。徘徊处，玉绳 [4] 低转，人静天凉。

底事小山幽咏 [5]，浑未识清妍，空自情伤。忆佳人、执手诉离湘。招蟾魄、和酒吸秋光。碧云日暮何妨。惆怅久，瑶琴微弄，一曲清商。

注释

[1] 木樨：即木犀，桂花的别称。
[2] 扶疏：形容飘舞的样子。
[3] 阿谁：是谁。
[4] 玉绳：星星的名字。
[5] 底事小山幽咏：底事，为何。小山，这里指宋代诗人晏几道，他号小山。

◎明黄

　　明黄也叫"菊黄"，是一种纯度很高的色彩，常给人一种欢快、明亮、耀眼的感觉。也正因为此，这种颜色若大面积单独使用，则会让人产生一种眩晕感。

　　清朝时期，明黄色一举打败了沿用千年的柘黄色，成为皇家帝王的御用色。《大清会典》曾有明文规定，皇帝的朝服一般"色用明黄"。

　　在诗词中，"明黄"多是形容花、服饰等的色彩，如李处全在《临江仙·木犀》中咏"畴昔方壶游戏地，群仙步履相从。明黄衫子御西风"，这里的"明黄"是服饰之色。再如赵以夫的《秋蕊香·木樨》中咏"一夜金风，吹成万粟，枝头点点明黄"，这里的"明黄"是木犀之色，即秋日桂花盛开之色。

酬殷明佐见赠五云裘[1]歌

〔唐〕李白

我吟谢朓诗上语，朔风飒飒吹飞雨。

谢朓已没青山空，后来继之有殷公。

粉图珍裘五云色，晔如晴天散彩虹。

文章彪炳光陆离[2]，应是素娥玉女[3]之所为。

轻如松花落金粉，浓似锦苔含碧滋。

远山积翠横海岛，残霞飞丹映江草。

凝毫采掇花露容，几年功成夺天造。

故人赠我我不违，著令山水含清晖。

顿惊谢康乐，诗兴生我衣[4]。

襟前林壑敛暝色，袖上云霞收夕霏。

群仙长叹惊此物，千崖万岭相萦郁。

身骑白鹿行飘飖，手翳紫芝笑披拂。

相如不足夸鹔鹴，王恭鹤氅安可方？

瑶台雪花数千点，片片吹落春风香。

为君持此凌苍苍，上朝三十六玉皇。

下窥夫子不可及，矫首相思空断肠。

注释

[1] 五云裘：因裘衣美得若五色云般，故云。
[2] 文章彪炳光陆离：这里指五云裘的色彩十分鲜艳，光怪陆离。
[3] 素娥玉女：嫦娥、神女。
[4] "顿惊"二句：这里说的是五云裘上的山水画连谢灵运都十分惊讶。
谢灵运，南北朝诗人，因其山水诗闻名于世，故云。

乞彩笺歌

〔唐〕韦庄

浣花溪 [1] 上如花客，绿暗红藏人不识。
留得溪头瑟瑟 [2] 波，泼成纸上猩猩色。
手把金刀擘彩云，有时剪破秋天碧。
不使红霓段段飞，一时驱上丹霞壁。
蜀客才多染不供，卓文醉后开无力。
孔雀衔来向日飞，翩翩压折黄金翼。
我有歌诗一千首，磨砻 [3] 山岳罗星斗。
开卷长疑雷电惊，挥毫只怕龙蛇走。
班班布在时人口，满轴松花都未有。
人间无处买烟霞，须知得自神仙手。
也知价重连城璧，一纸万金犹不惜。
薛涛昨夜梦中来，殷勤劝向君边觅。

注释

[1] 浣花溪：指的是位于四川成都的百花潭。
[2] 瑟瑟：指碧绿的样子。
[3] 磨砻：磨砺。

◎松黄

苏敬在《新修本草》中云："松花名松黄，拂取似蒲黄。"可见，松黄即松花的颜色。松花，是松科植物的花蕾，于春日开放，呈现嫩黄色。由是，我们可以明确，"松黄"此色的命名，与它的色彩来源息息相关。

在古代诗歌中，诗人们也常以"松花"指代松黄此色，如韦庄的《乞彩笺歌》言"班班布在时人口，满轴松花都未有"；王建的《设酒寄独孤少府》言"自看和酿一依方，缘看松花色较黄"；等等。这里要另外说明的是，松花并没有花瓣，而是呈蛋形，所以开花时，不能称为朵，只能以颗为单位。因此，诗人们以"松花"代"松黄"，把抽象的颜色具体化，配合着松花花蕊的球状呈现的"松黄"之色，是如此鲜活。

古代还有一种笺纸名，名松花笺。唐代的李匡乂在《资暇集》中言："松花笺代以为薛涛笺，误也。松花笺，其来旧矣。"但松花笺和薛涛笺之间是肯定有关联的，薛涛笺的发展演变离不开松花笺，以至于后来，人们便将松花笺视为薛涛笺。元和初年，薛涛"好制小诗"，奈何买来的纸张较大，便将其裁成小纸张，再经染成红色，用作写诗。因由薛涛所造，这种纸并以其名命名，为"薛涛笺"。后来，随着此纸的的演变，其色不仅只有深红一色。由是，我们可以看到，"松黄"之色不仅承载了春之色彩，也承载了一位女子的"诗歌梦"。

九章·思美人 [1]

〔先秦〕屈原

思美人兮 [2]，擥涕而竚眙 [3]；

媒绝而路阻 [4] 兮，言不可结而诒 [5]。

蹇蹇之烦冤兮，陷滞而不发 [6]；

申旦以舒中情 [7] 兮，志沉菀而莫达 [8]？

愿寄言 [9] 于浮云兮，遇丰隆而不将 [10]；

因归鸟而致辞 [11] 兮，羌迅高而难当 [12]。

高辛之灵盛 [13] 兮，遭玄鸟而致诒 [14]；

注释

[1] 思美人：抒发了诗人思念君王却无法表白心迹，又不愿变节从俗以邀宠的郁闷哀怨之情，表达了诗人坚守高洁品格、宁死不变节的信念。美人：指楚怀王。一说指楚顷襄王。

[2] 兮（xī）：语气助词，"啊"或"呀"。

[3] 擥：同"揽"。竚眙：久久站立呆望。竚，长久站立。眙，直视，注视。

[4] 媒：媒介，中介。绝：断绝。路阻：此处比喻自己与君王之间存在隔阂，无法沟通。

[5] 结：缄，写信。诒（yí）：通"贻"，赠予。

[6] 陷滞：义同郁结。一说陷没沉积。发：抒发。一说发轫。不发：不能发车前进。

[7] 申旦：申明。申，重复。舒：诉说。中情：内心的情感。

[8] 沉菀（yù）：形容心思沉闷而郁结。菀，同"蕴"，郁结，积滞。达：传达。

[9] 寄言：寄语，传话。

[10] 不将：不肯听从命令。

[11] 因：凭借。归鸟：指鸿雁。致辞：指用文字或语言向人表达思想感情。

[12] 羌：楚地方言，发语词。当：值，遇到。

[13] 灵盛：神灵。

[14] 玄鸟而致诒：指帝喾娶简狄的故事。此处比喻思念君王。

欲变节 [15] 以从俗兮，媿易初而屈志 [16]。

独历年而离愍 [17] 兮，羌凭心犹未化 [18]；

宁隐闵而寿考 [19] 兮，何变易之可为 [20]！

知前辙之不遂 [21] 兮，未改此度 [22]；

车既覆而马颠兮 [23]，蹇独怀此异路 [24]！

勒骐骥而更驾 [25] 兮，造父为我操 [26] 之；

迁逡次 [27] 而勿驱兮，聊假日以须时 [28]；

指嶓冢之西隈 [29] 兮，与 [30] 纁黄以为期。

[15] 变节：改变旧的志节，指丧失气节。

[16] 易初：改变本心，改变初衷。初，本心，初心。屈志：丧失志气，委屈心志。

[17] 年：指时间。历年：犹言经历了很长的时间。离愍：谓遭遇祸患。离，遭受。

[18] 凭心：愤懑的心情。未化：未消失。

[19] 宁：宁愿。隐闵：隐忍痛苦。隐，隐忍。闵，通"悯"，痛苦。寿考：年寿很高。

[20] 变易：变节。为：句末语气助词。

[21] 辙：车轮所辗的辙印，此处指道路。不遂：不通达，不顺利。

[22] 度：原则，法度，规范。

[23] 车既覆而马颠兮：此处比喻战争的失败。

[24] 异路：与世俗之人不同的道路。

[25] 勒：套住，拉紧缰绳。骐骥：良驹，千里马。更驾：再次驾车。

[26] 造父：周穆王时人，以善于驾车著称。操：执鞭驾车。

[27] 迁：前进。逡次：即"逡巡"，徘徊不前的样子。

[28] 聊：姑且。假（jiǎ）日：偷闲的日子。须时：等待时机。

[29] 嶓（bō）冢：山名，秦国最初的封地。隈：山崖。

[30] 与：数也。

开春发岁[31]兮，白日出之悠悠[32]；

吾将荡志[33]而愉乐兮，遵江夏以娱忧[34]。

掔大薄之芳茝[35]兮，搴长洲之宿莽[36]；

惜吾不及古之人[37]兮，吾谁与玩此芳草[38]？

解萹薄与杂菜[39]兮，备以为交佩[40]；

佩缤纷以缭转[41]兮，遂萎绝而离异[42]。

吾且僤佪以娱忧兮，观南人之变态[43]；

窃快[44]在其中心兮，扬厥凭而不竢[45]。

芳与泽其杂糅兮，羌芳华自中出[46]；

纷郁郁其远烝[47]兮，满内而外扬[48]；

[31] 发岁：一年的发端。

[32] 悠悠：舒缓、悠长的样子。

[33] 荡志：放怀，排遣心情。

[34] 遵：遵循，沿着。江：长江。夏：夏水。娱忧：消解忧思。

[35] 薄：杂草丛生。芳茝：香草名，即白芷。

[36] 搴：拔取，取。宿莽：香草名，经冬不死。

[37] 惜：痛惜。不及古之人：指自己不能和古代的圣贤处在同一个时代。

[38] 玩此芳草：玩赏这些芳香的花草。

[39] 解：采，摘。萹：萹蓄，亦名萹竹，短茎白花的野生植物。杂菜：恶菜。

[40] 备：备置，备办。交佩：左右佩带。佩，佩饰。

[41] 缤纷：繁茂的样子。指恶草很多。缭转：相互缠绕。

[42] 萎绝：指芳草枯萎凋落。离异：丢弃一旁。

[43] 南人：郢都以南的人。变态：动态。

[44] 窃快：指私下里不公开的欢快。窃，私下。

[45] 扬：捐弃。竢：同"俟"，等待。

[46] 自中出：从中凸显出来。

[47] 郁郁：形容香气浓郁。远烝：指香气飘散到远处。

[48] 满内：充盈于内。外扬：散发于外。

情与质 [49] 信可保兮，羌居蔽而闻章 [50]。

令薜荔以为理 [51] 兮，惮举趾而缘木 [52]；

因芙蓉而为媒兮，惮褰裳而濡 [53] 足。

登高吾不说 [54] 兮，入下 [55] 吾不能；

固朕形之不服 [56] 兮，然容与而狐疑 [57]。

广遂前画 [58] 兮，未改此度也；

命则处幽 [59] 吾将罢 [60] 兮，愿及白日之未暮 [61] 也；

独茕茕而南行兮，思彭咸之故 [62] 也！

[49] 情：指人的外在表现的情感。质：指人的内在蕴藏的本质。

[50] 居蔽：居住在偏僻的住处。闻：指声名。章：同"彰"，显扬。

[51] 理：使者，媒人。

[52] 惮：惊恐，害怕。举趾：抬起脚。缘木：爬树。缘：循。

[53] 褰裳：撩起衣服。褰，通"赛"，撩起。濡（rú）：沾湿。

[54] 登高：指缘木。此处比喻攀附权贵。说（yuè）：同"悦"，欢喜。

[55] 入下：指往低处走。此处比喻降格变节。

[56] 朕（zhèn）：我。形：指形于外的一个人的作风。一说身形。不服：不习惯的意思。

[57] 然：乃，就，便。狐疑：犹豫。

[58] 广遂：广阔的道路。遂，指道路。前画：先前的谋划。

[59] 处幽：居住在幽僻的地方，与前文的"居蔽"相应。此处指遭疏远而蛰居汉北的荒凉之地。

[60] 罢（pí）：同"疲"，疲倦。

[61] 及：趁着，赶上。白日之未暮：太阳还没有落下。此处比喻还有机会，要抓紧时间，赶紧作为。

[62] 思彭咸之故：指彭咸谏君不听而自杀的故事。王逸《楚辞章句》："彭咸，殷贤大夫，谏其君不听，自投水而死。"此处指屈原愿效法彭咸，以死谏君，希望楚王能醒悟。思，思念，思慕。故：故迹，故事。

◎纁黄

　　纁，浅红色。《楚辞·九章·思美人》中言"指嶓冢之西隈兮，与纁黄以为期"。王逸注"纁黄，盖黄昏时也。纁，一作曛"。曛，即日落时的余光。黄而兼赤是为纁。《楚辞·九叹·远逝》中言"举霓旌之墆翳兮，建黄纁之总旄"。王逸注"黄纁，赤黄也"。可见，纁黄，其色类似于黄昏的太阳落下地平线时的天色。日渐西沉，留云野霞漫；一抹纁黄，存弧形天空。

　　梅尧臣在《和孙端叟蚕首十五首·织室》中言"亦将成纁黄，非用竞龙鸾"。

　　曾巩在《读书》中言"轮辕孰挠直？冠盖孰纁黄"。

　　张问陶在《潼关》中言"一曲纁黄瓜蔓水，数峰苍翠华阴山"。

丑奴儿·肌肤绰约^[1]真仙子

〔宋〕周邦彦

肌肤绰约真仙子，来伴冰霜，洗尽铅黄，素面^[2]初无一点妆。
寻花不用持银烛，暗里闻香，零落池塘，分付余妍^[3]与寿阳^[4]。

注释

[1] 绰约：姿态优美的样子。
[2] 素面：脸上不施粉黛。这里是形容梅花的天然之美。
[3] 余妍：指的是残留的梅花的花瓣。
[4] 寿阳：指南朝宋武帝的女儿寿阳公主。

◎铅黄

一种黄色矿物颜料。东汉时期从波斯传入，按照波斯语音译为密陀僧，俗称铅黄。这是中国画的传统颜料色，也是古代女子的粉黛颜色，更是古代炼丹师们的重要材料。

苏颂在《本草图经》中言："其初采矿时，银、铜相杂，先以铅同煎炼，银随铅出。又采山木叶烧灰，开地作炉，填灰其中，谓之灰池。置银铅于灰上，更加火大煅，铅渗灰下，银住灰上。罢火，候冷，出银。其灰池感铅银气，置之积久成此物。今之用者，往往是此，未必自胡中来也。"李时珍也言："密陀僧，原取银冶者，今既难得，乃取煎销银铺炉底用之。造黄丹者，以脚滓炼成密陀僧，其似瓶形者是也"。由此，我们可以看到古人从对银的提炼中，获得了"密陀僧"之色。也因其历经多年而依旧色泽鲜艳，我们也可常在出土的彩色壁画中发现它的身影。

除此之外，它也是古代女子梳妆台前不可缺少的一种化妆品。宋代诗人周邦彦在《丑奴儿》中将梅花比作仙子，言"肌肤绰约真仙子，来伴冰霜。洗尽铅黄。素面初无一点妆"，宋代词人赵师侠在《浣溪沙》中也言"本是孤根傲雪霜，肌肤不肯浣铅黄"。这里的"铅黄"皆是指女子美颜时的化妆品。

景泰晚眺

〔宋〕白玉蟾

海岸孤绝处，晴沙露远汀 [1]。
潮花人鬓白，山色佛头青。
夕照雌黄笔，秋烟水墨屏。
天空杉月冷，鹤梦几回醒。

注释

[1] 汀：水边平地。

◎雌黄	在传统的绘画颜料中，雌黄是重要的黄色矿物颜料。它是古代石窟壁画中常见的矿物颜料之一。
	事实上，雌黄本身是一种矿物，成分是三硫化二砷，晶体呈现柱状或片状，柠檬黄色，略透明。这种矿物主要由低温热液作用而成，也有由火山喷发或温泉沉淀而形成，雌黄常与雄黄共生。
	古人抄书、校书，写错处会以雌黄涂掉，因此称乱改文字、乱发议论为"妄下雌黄"，称不顾事实、随口乱说为"信口雌黄"。沈括在《梦溪笔谈》中言"馆阁新书净本有误书处，以雌黄涂之"。苏轼的《浣溪沙》言"几共查梨到雪霜。一经题品便生光。木奴何处避雌黄"。陈师道的《和秦太虚湖上野步》言"宁论白黑人间世，懒复雌黄纸上尘"。

本草诗·姜黄

〔清〕赵瑾叔

香浓宝鼎透金炉，　片子姜黄产蜀都。
莝药功分原有异，　郁金形似岂无殊。
积瘕可破经前阻，　败血能消产后汗。
手臂不愁风痹痛，　初生疥癣亦堪敷。

◎姜黄

　　姜黄，又名郁金、黄姜，可入药，属于姜科植物，其根茎呈现淡淡的暖黄色。因此，姜黄色即姜黄的根茎之色。苏敬在《新修本草》中言其"叶根都似郁金，花春生于根，与苗并出，夏花烂，无子。根有黄、青、白三色。其作之方法与郁金同尔"。李时珍在《本草纲目》中也言姜黄"圆如蝉腹形者为蝉肚郁金，并可浸水染色"。由是，姜黄成了古代人民常用的一种黄色植物染料，多用于服饰等的配色上，其中的有效成分便是姜黄素。相较于明亮的黄色，姜黄色的饱和度略低，给人一种典雅之感。

　　清代赵瑾叔在《本草诗·姜黄》中咏："香浓宝鼎透金炉，片子姜黄产蜀都。莛药功分原有异，郁金形似岂无殊。"

第三章 蓝

· LAN

:

梨花三首·其三

〔宋〕陆游

嘉陵江 [1] 色嫩如蓝，凤集山光照马衔。
杨柳梨花迎客处，至今时梦到城南。

◎蓝色

　　古汉语中，蓝字并非颜色词，而是一种可色染布帛的植物，即蓝草。

　　《广韵》中有言："蓝，音篮，染青草也。"《通志》又把蓝草分为三种："蓼蓝染绿，大蓝如芥染碧，槐蓝如槐染青。三蓝皆可作淀，色成胜母，故曰青出于蓝而青于蓝。"在古代，人们习惯把蓝色统称为青色。形容天空之蓝也多用"青"来表示，如庄子在《逍遥游》中言"背负青天而莫之夭阏者，而后乃今将图南"。

　　大约自唐代开始，蓝色逐渐从青字中分离出来，成为正式的颜色名词。如杜甫有诗言"上有蔚蓝天，垂光抱琼台"，这里的"蔚蓝天"就是深蓝色的天空。

清平乐·五月十五夜玩月

〔宋〕刘克庄

纤云扫迹。万顷玻璃色。醉跨玉龙[1]游八极[2]。历历天青海碧。

水晶宫殿[3]飘香。群仙方按《霓裳》[4]。消得几多风露，变教人世清凉。

注释

[1] 玉龙：神话传说中的飞龙。

[2] 八极：八方极远之地，这里意为最遥远的地方。

[3] 水晶宫殿：这里指的是月宫。

[4] 《霓裳》：即指唐代的宫廷乐曲，《霓裳羽衣曲》。

◎天青

天青，又称靛蓝，是一种浓蓝色。

宋应星在《天工开物》中言："凡蓝五种，皆可为淀。茶蓝即菘蓝，插根活。蓼蓝、马蓝、吴蓝等皆撒子生。近又出蓼蓝小叶者，俗名苋蓝，种更佳。"可见，在古代，能用于制成蓝的植物染料，还是挺多的。菘蓝、蓼蓝、马蓝、吴蓝、苋蓝等通过晒干、沤制，都是常见的蓝色植物染料。因此，也才有了《荀子·劝学》中所言的"青，取之于蓝，而青于蓝"。

"青"字，古时指蓝色；"蓝"字，直到近代才取代"青"字，成为蓝色的统称。

袁黄岩寄雁山图及新诗颇怀壮游之感

〔明〕王世贞

高枕 [1] 柴门掩绿苔，素书 [2] 今为古人开。
如分雁荡群青过，忽挟龙湫万玉 [3] 来。
康乐恨长乖试屐，河阳诗好任登口。
君家夏甫 [4] 终难慕 [5]，双足何曾限八垓。

注释

[1] 高枕：睡得安稳、踏实。
[2] 素书：书信。
[3] 万玉：形容飞扬的瀑水。
[4] 夏甫：高大的楼房。
[5] 慕，羡慕、向往。

◎群青

群青，中国画传统颜料色，也称"云青""洋蓝"，是一种色泽鲜艳的蓝色颜料。该色由青金石经研磨加工而制成，其工艺名称为"青金"。

青金石在我国古代有很多不同的名称，如金精、佛青、金青、蓝赤等。天然的青金石多来自西域，而在我国，则主要分布在西藏地区。由于青金石的产地、产量都很少，物以稀为贵，自古以来备受帝王的喜爱，多被用来制作各种玉器工艺品。

除此之外，由于青金石自带天蓝色的色泽，所以在我国古代，其多作为彩绘种的蓝色颜料使用。考古学家在对我国的石窟壁画分析中发现，多数彩绘都运用到了青金石颜料。

而在我国古诗词中，群青除了是"玉石""颜色"的指代，同时也指草木之青绿，进而引申为群峰之义。如楼异在《嵩山二十四咏》里言"回头却顾人间世，但见群青似小童"；曾丰在《余得英州石山副之五绝句送曾鼎臣》中云"湖上飞来小祝融，群青在侧一居中"；王世贞在《袁黄岩寄雁山图及新诗颇怀壮游之感》中咏"如分雁荡群青过，忽挟龙湫万玉来"。

同王胜之游蒋山

〔宋〕苏轼

到郡席不暖，居民空惘然，好山无十里，遗恨恐他年。

欲款 [1] 南朝寺 [2]，同登北郭船，朱门收画戟，绀宇出青莲 [3]。

夹路苍髯 [4] 古，迎人翠麓偏。

龙腰蟠故国，鸟爪寄层颠。

竹杪 [5] 飞华屋，松根泫 [6] 细泉。

峰多巧障日，江远欲浮天。

略彴 [7] 横秋水，浮图 [8] 插暮烟。

归来踏人影，云细月娟娟 [9]。

注释

[1] 款：同"叩"，敲。
[2] 南朝寺：这里指山中的寺庙多是六朝的行宫。
[3] 青莲：这里指寺院。
[4] 苍髯：指松桧。
[5] 竹杪：竹梢。
[6] 泫：形容水滴下垂的样子。
[7] 略彴：小木桥。
[8] 浮图：塔。
[9] 娟娟：形容美好的样子。

广爱寺

〔宋〕欧阳修

都人布金地，绀宇[1]岿然存。
山气蒸经阁，钟声山国门。
老杉春自绿，古壁雨先昏。
应有幽人[2]屐，来留石藓痕。

注释

[1] 绀宇：佛寺的别称。
[2] 幽人：隐士。

◎绀色

　　许慎在《说文解字》中说："绀，帛深青而扬赤色也。"《释名》中也言："绀，含也，青而含赤色也。"可见，绀是青与赤的间色，色相为浓蓝中透微红的蓝色。

　　作为一种基本的传统色彩，绀色多被用于布帛染色中。又因其色感深沉、肃穆，此色系的服饰在古代有着严谨的等级讲究。如孔子曾在《论语·乡党》中言："君子不以绀缅饰，红紫不以为亵服。"《后汉书·舆服志》中也言："太皇太后、皇太后、皇后入庙服，绀上皂下……"可见，在汉代，绀色多是皇家谒庙服的用色。

　　绀色系也是佛寺、佛像的重要色彩。古时，殿宇和寺庙多用绀色，取其庄严凝重之意。绀宇，即绀园，是佛寺的别称。王勃在《益州德阳县善寂寺碑》中云："朱轩夕朗，似游明月之宫；绀宇晨融，若对流霞之阙。"欧阳修在《广爱寺》中云："都人布金地，绀宇肖然存。"

子夜歌·寻春须是先春早

〔五代〕李煜

寻春须是先春早，看花莫待花枝老。缥色玉柔[1]擎，醅[2]浮盏面清。

何妨频笑粲[3]，禁苑[4]春归晚。同醉与闲评[5]，诗随羯鼓[6]成。

注释

[1] 玉柔：这里是形容女子的手像玉一般洁白柔润。

[2] 醅：没滤过的酒。

[3] 频笑粲：频频地大笑。粲，指笑时露出牙齿的样子。

[4] 禁苑：指封建帝王的园林。当时，皇帝所居住的地方，常常是戒备森严的，普通人是不能随意进出的，因此称王宫为禁苑。

[5] 闲评：随意评论。

[6] 羯鼓：一种打击乐器，据说是从西域传来，唐朝时比较盛行。

◎缥色

　　许慎在《说文解字》云："缥，帛青白色也。"刘熙在《释名·释采帛》云："缥，犹漂也，漂漂浅青色也。有碧缥，有天缥，有骨缥，各以其色所象言之也。"

　　可见，缥色是一种浅青色，是丝织物经过植物染料反复浸染而成的颜色。一般而言，古人将丝织物进行反复的浸染，会得到深浅不一的色彩，如碧缥、天缥等。

　　天缥，其色类似于晴空。吴敬梓在《腊月将之宣城留别蓬门》中咏"篷窗窥天缥，江水真安流。雪霁艳朱炎，相思登北楼"。

　　碧缥，或言缥碧，是大色，十分有贵气，或出现在宫苑的瓦上，或出现在江河的水里，或出现在贵人的杯中，给人一种古风悠悠之感。如左思的《吴都赋》云"紫贝流黄，缥碧素玉"。

　　翠缥，这是一种立夏时节的颜色。如《楚辞·九怀·通路》中云"红采兮辟衣，翠缥兮为裳"；再如许应龙在《皇帝阁端午帖子》中云"殿阁凉生昼景长，翠烟缥渺御炉香"。

　　此外，在古代，人们习惯用缥色染成的织物装订书籍。于是，便有了"缥帙""缥缃""缥囊"诸类词语。其中，缥帙指的是浅青色的书衣，缥缃是书卷的别称，缥囊是书袋。

忆旧游慢·荷花

〔宋〕赵以夫

　　望红蕖[1] 影里，冉冉斜阳，十里沙平。唤起江湖梦，向沙鸥住处，细说前盟。水乡六月无暑，寒玉散青冰。笑老去心情，也将醉眼，镇为花青。

　　亭亭[2]。步明镜，似月浸华清[3]，人在秋庭。照夜银河落，想粉香湿露，恩泽初承。十洲[4] 缥缈何许，风引彩舟行。尚忆得西施[5]，余情袅袅烟水汀。

注释

[1] 红蕖：即荷花。
[2] 亭亭：形容美人或花木身形优美挺拔的样子。
[3] 华清：即华清池。此处形容荷花池。
[4] 十洲：传说海中神仙居住的地方。
[5] 西施：古代越国美女。诗歌中常指代美女。

◎花青

　　花青是用来画中国画的植物颜料，是在制作蓝靛时表面浮起的泡沫靛花的颜色。

　　花青，属于中国画颜料中的水色系。"青，取之于蓝，而青于蓝。"花青，又称靛花。李时珍在《本草纲目》中曾记载它的研制方式，"南人掘地作坑，以蓝浸水一宿，入石灰搅至千下，澄去水，则青黑色。亦可干收，用染青碧。其搅起浮沫，掠出阴干，谓之靛花，即青黛"。

素描——花青

十洲缥缈何许，风引彩舟行。
尚忆得西施，余情袅袅烟水汀。
　　　　　　——〔宋〕赵以夫

终南 [1] 望余雪

〔唐〕祖咏

终南阴岭 [2] 秀，积雪浮云端。
林表 [3] 明霁色 [4]，城中增暮寒。

注释

[1] 终南：指的是终南山。
[2] 阴岭：即山的北面。一般背向太阳，是为阴。
[3] 林表：林外。
[4] 霁色：雨雪过后初晴时的颜色。

◎霁色

　　霁色，中国传统的颜色名词，现已很少使用，常见于古诗文中。《说文解字》中："霁，雨止也。"即雨停止的意思。后来，人们便将雨后雪后后转晴的明净天色，称为"霁色"。

　　在古诗文中，有很多对霁色的描述。如柳永的《佳人醉》咏"暮景萧萧雨霁，云淡天高风细"，描述的是傍晚雨过天晴，天高云淡，微风细细的景象；如贾岛在《送无可上人》中咏"圭峰霁色新，送此草堂人"，一个"霁"字，一个"新"字，便将雨后初晴，圭峰上的蔚蓝天空描绘得格外清新；如王勃的《滕王阁序》中言"云销雨霁，彩彻区明"，描绘的是云消雨停，阳光普照，天空晴朗的景象；再如祖咏的《终南望余雪》咏"终南阴岭秀，积雪浮云端。林表明霁色，城中增暮寒"，描绘的便是雪后初晴，终南山的美景。

　　成语"光风霁月"，或言"霁月光风"，本是取"霁"义，指雨过天晴时风清月明的景象。而今，它有了两层的引申义，一是比喻开阔的胸襟和坦白的心地，二是比喻太平清明的政治局面。

诉衷情·小桃灼灼 [1] 柳鬖鬖 [2]

〔宋〕黄庭坚

　　小桃灼灼柳鬖鬖，春色满江南。雨晴风暖烟淡，天气正醺酣 [3]。

　　山泼黛 [4]，水挼蓝，翠相搀。歌楼酒旆 [5]，故故 [6] 招人，权典青衫。

注释

[1] 灼灼：形容桃花盛开得很灿烂，颜色很明亮的样子。

[2] 鬖鬖（sān）：形容植物枝叶向下垂落的样子。

[3] 醺酣：形容天气温和，使人很困乏。

[4] 黛：青黑色的颜料，一般是古代女子画眉的颜色。

[5] 酒旆：酒旗。

[6] 故故：指频繁的意思。

临江仙·千里潇湘挼蓝^[1]浦

〔宋〕秦观

千里潇湘挼蓝浦，兰桡^[2]昔日曾经。月高风定露华清。微波澄不动，冷浸一天星。

独倚危樯^[3]情悄悄，遥闻妃瑟泠泠^[4]。新声含尽古今情。曲终人不见，江上数峰青。

注释

[1] 挼蓝：形容江水很清澈的样子。
[2] 兰桡：兰舟，船的美称。
[3] 危樯：形容桅杆很高。
[4] 遥闻妃瑟泠泠：隔着很远就能听到湘灵鼓瑟的声音。

◎挼蓝

　　挼蓝，指的是浸揉蓝草而得到的一种湛蓝色。

　　在古诗词中，诗人多用它指代湛蓝色。如陆游在《渔父》中咏"晴山滴翠水挼蓝，聚散渔舟两复三"。白居易在《春池上戏赠李郎中》中咏"直似挼蓝新汁色，与君南宅染罗裙"。周邦彦在《蝶恋花》中咏"浅浅挼蓝轻蜡透。过尽冰霜，便与春争秀"。陈维崧在《浣溪沙·癸丑东溪雨中修禊》中又咏"春水挼蓝接远汀，晚山愁黛蠹银屏"。等等。

新声含尽古今情。

曲终人不见，江上数峰青。

———〔宋〕秦观

渔家傲·平岸小桥千嶂抱

〔宋〕王安石

平岸小桥千嶂抱，柔蓝[1]一水萦[2]花草。茅屋数间窗窈窕[3]。尘不到，时时自有春风扫。

午枕觉来闻语鸟，欹眠[4]似听朝鸡早。忽忆故人今总老。贪梦好，茫然忘了邯郸道[5]。

注释

[1] 柔蓝：柔和的蓝色，这里形容水之蓝。

[2] 萦：萦绕。

[3] 窈窕：这里形容房屋幽深的样子。

[4] 欹眠：斜着身子睡觉。

[5] 邯郸道：这里指的是功名之路，即仕途。

南歌子·香墨弯弯画

〔宋〕秦观

香墨弯弯画，燕脂[1]淡淡匀。揉蓝衫子杏黄裙，独倚玉阑无语点檀[2]唇。

人去空流水[3]，花飞半掩门。乱山[4]何处觅行云[5]？又是一钩新月照黄昏。

注释

[1] 燕脂：即胭脂。

[2] 檀：檀色，近赭的红色。

[3] 流水：比喻时光流逝。

[4] 乱山：这里指心烦意乱的女子。

[5] 行云：这里指薄情的男子。

◎柔蓝	柔蓝，又称"揉蓝"，指的是浸揉蓝草而得到的一种浅蓝色。 　　而在古诗词中，柔蓝多是用于服饰的颜色，如杨朴的《莎衣》咏"软绿柔蓝著胜衣，倚船吟钓正相宜"。秦观的《南歌子·香墨弯弯画》咏"揉蓝衫子杏黄裙，独倚玉阑无语、点檀唇"。董嗣杲的《过琴斋》咏"阑干压池芳，渌净拖柔蓝"。

求崔山人百丈崖瀑布图

〔唐〕李白

百丈素崖裂，四山丹壁开。

龙潭 [1] 中喷射，昼夜生风雷。

但见瀑泉落，如潀云汉 [2] 来。

闻君写真图，岛屿备萦回。

石黛刷幽草，曾青 [3] 泽 [4] 古苔。

幽缄 [5] 倘相传，何必向天台 [6]。

注释

[1] 龙潭：深渊。

[2] 云汉：指天上的银河。

[3] 曾青：一种矿物颜料。

[4] 泽：作动词用，润泽。

[5] 幽缄：密封。

[6] 天台：山名。

◎曾青

曾青，又称层青、朴青，是一种传统的中国画颜料。

李时珍在《本草纲目》中言"曾音层。其青层层而生，故名。或云其生从实至空，从空至层，故曰曾青也"。可见，因其矿石呈层状而得名。

在《荀子·王制》中，有言曰："南海有羽翮、齿革、曾青、丹干焉。"杨倞为其注言："曾青，铜之精，可缋画及化黄金者，出蜀山越嶲。"

敕勒歌

〔南北朝〕乐府诗集

敕勒川，阴山下。
天似穹庐 [1]，笼盖四野 [2]。
天苍苍 [3]，野茫茫 [4]，风吹草低见 [5] 牛羊。

注释

[1] 穹庐：用毡布搭成的帐篷，即蒙古包。
[2] 笼盖田野：笼盖草原的四面八方。
[3] 苍苍：这里形容天蓝蓝的样子。
[4] 茫茫：这里形容辽阔无边的样子。
[5] 见（xiàn）：同"现"，显露。

◎苍蓝

在古诗词中,苍蓝或言苍苍,一指水、天其色之蓝,一指草木之茂盛。

在这里,我们主要取其颜色之义也。如庄子的《逍遥游》中言:"天之苍苍,其正色邪。"又如《敕勒歌》中的"天苍苍,野茫茫,风吹草低见牛羊"。

泜水

〔清〕郑燮

泜水清且浅，沙砾明可数。
漾漾 [1] 浮轻波，悠悠汇远浦。
千山倒空青，乱石兀 [2] 崖堵。
我来恣游泳，浩歌怀往古。
逼侧 [3] 井陉道，卒列不成伍。
背水造奇谋，赤帜立赵土。
韩信购左车，张耳陋肺腑 [4]。
何不赦陈余，与之归汉主？

注释

[1] 漾漾：形容水波荡漾的样子。
[2] 兀：高耸。
[3] 逼侧：狭窄。
[4] 陋肺腑：形容人心胸狭窄。

◎空青

　　空青，石青的一种，又称杨梅青。它不仅是中国画的传统颜料，还可以入药。《本草经》中言"空青，生小谷，久服轻身延年，能化铜铅作金"。

　　张志聪在《本草崇原》中言"空青一名杨梅青，始出益州山谷及越隽山，今蔚兰、宣梓诸州有铜处，铜精熏则生空青，大者如拳如卵，小者如豆粒，或如杨梅。其色青，其中皆空，故曰空青"。寥寥数语，便将空青的名称由来、产地等信息——详述。

　　《周礼·秋官·职金》中言"掌凡金玉锡石丹青之戒令"。颜师古注言："丹沙，今之朱沙也。青臒，今之空青也。"由此，我们可以猜测，空青在更早的时候，有可能被称为"青臒"。

　　而在古代诗文中，空青或指珍贵的矿石，如江淹的《空青赋》言"况空青之丽宝，挺山海之不测"；或指青色的天空，如李白的《早过漆林渡寄万巨》言"水色倒空青，林烟横积素"。

归自谣·江水碧

〔五代〕冯延巳

  江水碧，江上何人吹玉笛。扁舟远送潇湘客[1]。
芦花千里霜月白，伤行色[2]，来朝便是关山隔。

注释

[1] 潇湘客：来潇湘作客的人。潇湘，多指湖南一带地方。
[2] 行色：旅行前的景色情况、氛围等。

夜汲

〔宋〕陆游

酒渴起夜汲，月白天正青，
铜瓶响寒泉，闻之心自醒。
井边双梧桐，映月影离离^[1]，
上有独栖鹊，细爪握高枝。
我欲画团扇，良工不可求。
三叹拊庭楯^[2]，浩然^[3]风露秋。

注释

[1] 离离：形容繁盛的样子。
[2] 庭楯：指庭院里的栏杆。
[3] 浩然：感慨。

◎月白

　　月白，顾名思义，指的是月亮的颜色。《史记》中有言："五帝各如其色，日赤，月白。"需要明白的是，月色并非纯白色，而是一种清幽淡和的蓝色。但在我国的古诗文中，多数人将月白视为白色。如《诗经·陈风·月出》中言"月出皓兮"，这里的"皓"字便是洁白的意思。又如苏轼在《后赤壁赋》中咏"月白风清，如此良夜何"，这里诗人便直接用了"白"字形容月亮。

　　在古代，月白也称为"缥色"。"缥"本指青白色的丝织品，后指青白色，即月白色。明代宋应星《天工开物》记载："月白、草白二色：俱靛水微染，今法用苋蓝煎水，半生半熟染。"意思是在染月白色时，须在靛蓝色染料水里过一下，或者是在苋蓝煮到半生半熟时染之。因为染的时间较短，所以当时月白色中的蓝色成分非常少。到了后期又出现不同深浅的月白色，既有浅月白，亦有深月白。

　　月色在古代文人墨客的笔下，被寄予了浓厚的感情色彩。杜牧在《猿》中言"月白烟青水暗流，孤猿衔恨叫中秋"；赵孟頫在《新秋》中咏"露凉催蟋蟀，月白澹芙蓉"。

纪晓岚紫石砚歌

〔清〕金永爵

十砚先生癖于砚，罢官归里瓶无粟。
惟有诗束两牛腰，端坑奇石声相触。
就中济阳井叔刊，日夕摩挲爱尤笃。
篆籀苍劲铭其背，八角廉棱截紫玉。
金樱手捧隃糜香，品月题花幽事足。
淬妃欣说遇钜公，晓岚情雅不入俗。
山斗 [1] 声名遍华夷，徂夏我读《滦阳录》。
西清常共补被携，小泓晴虹光怪数。
松园前辈驾星槎，邂逅论交蒙赠辱。
笔势矫矫 [2] 传海邦，渴骥奔泉无蜷蹐。
春风吹落经畹斋，几案清哦 [3] 佐醽醁。
茧纸百幅白如银，宝物如今于我属。
见此宛若对昔贤，净水莲房手自浴。
留作吾家永宝用，岂数金线与蛾绿。
六传百有九年间，鹳眼几点记往躅。
为证邵亭文字祥，明窗续成《中林曲》。

注释

[1] 山斗：泰山北斗，形容值得尊重的人。
[2] 矫矫：形容矫健有力的样子。
[3] 清哦：清吟。

◎品月	品月是一种比月白更蓝，稍浅于蓝的浅蓝色，可以说是"浅蓝色"的雅称。在清朝时期，此色是服饰的流行色。 　　品月除了是一种传统的色彩名词，在古诗词中也是一种十分风雅的赏月行为，如清代金永爵在《纪晓岚紫石砚歌》中言"金樱手捧隃糜香，品月题花幽事足"。明代杨慎在《题周昉琼枝夜醉图》中言"宝枕垂云选梦，玉萧品月偷声"。清代蒋曰豫在《抱遗老人空江吹笛小像》中言"乐府嬉春宛转情，玉山品月承平梦"。

就中济阳井叔刊，日夕摩挲爱尤笃。

——〔清〕金永爵

西湖

〔宋〕林逋

混元 [1] 神巧本无形，匠出 [2] 西湖作画屏。
春水净于僧眼碧，晚山浓似佛头青。
栾栌 [3] 粉堵摇鱼影，兰杜烟丛阁鹭翎。
往往鸣榔与横笛，细风斜雨不堪听。

注释

[1] 混元：形容远古时代。
[2] 匠出：创造出。
[3] 栾栌：房屋里的承梁之木。

◎佛头青

　　佛头青，又名绀琉璃，石青的一种，是一种青中带赤的颜色，常用于绘画和织物染料。

　　绀色系作为古代佛寺、佛像等的重要色彩，佛头青属于其中一种，据说，"佛头青"其名便取自此色乃是佛的毛发之色。《大般若经》中言："世尊首发修长，绀青稠密不白。"可见，此色的庄严、凝重内涵，着实不能小觑。

　　在古代诗词中，"佛头青"常被用于比喻青黛色的山峦。如林逋在《西湖》中言："春水净于僧眼碧，晚山浓似佛头青。"如释德惠在《普通禅寺》中言："水如僧眼碧，山作佛头青。"如黄庭坚在《满庭芳》中言："重开宴，瑶池雪沁，山露佛头青。"又如白玉蟾在《景泰晚眺》中言："潮花人鬓白，山色佛头青。"等等。

柳桥秋夜

〔宋〕陆游

帝青万里月轮孤 [1]，扫尽浮云一点无。
正是吾庐秋好夜，上桥浑不要人扶。

◎帝青

　　帝青，又称帝释青、鹊青。玄应在《一切经音义》中言："帝青，梵言因陀罗尼罗目多，是帝释宝，亦作青色，以其最胜，故称帝释青。"

　　陆游在《遣兴》中咏"风来弱柳摇官绿，云破奇峰涌帝青"，在《柳桥秋夜》中咏"帝青万里月轮孤，扫尽浮云一点无"。王安石在《古意》中咏"帝青九万里，空洞无一物"。这种颜色的形容对象多是比较宏大的，如群峰、天空等。

第四章　绿

· Lü

旅游二首·其二

〔宋〕陆游

本自无心落市朝，不妨随处狎 [1] 渔樵。
螺青点出暮山色，石绿染成春浦潮。
县驿下时人语闹，寺楼倚处客魂消。
流年不贷君知否？素扇团团又可摇。

注释

[1] 狎：亲昵而态度不庄重。

◎石绿

中国画传统颜料色，是由孔雀石研磨而成的颜色。

孔雀石的化学组成是碱式碳酸铜，因含铜故呈现绿色，又因其色类似于孔雀羽毛上的颜色，而被称为孔雀石。经过研磨后的孔雀石，会得到不同的绿色颜料，也有不同的名称。据清代《芥子园画谱》记载，将孔雀石研磨后入水，浮在最上层的为"头绿"颜料，中层的为"二绿"颜料，底层的则为"三绿"颜料。

在我国的唐宋时期，石绿是当时山水画中的重要绿色颜料。受魏晋以后佛教传入的影响，我国绘画在用色方面开始大量使用青绿色。因为在佛教思想里，绿色代表了一种和谐境界，其色感符合佛教所追求的和平与安宁。

而诗人也常将石绿写入诗文中，描绘出一幅浓郁的色彩画，如白居易在《裴常侍以题蔷薇架十八韵见示因广为三十韵以和之》中言"烟条涂石绿，粉蕊扑雌黄"；陆游在《旅游》中言"螺青点出暮山色，石绿染成春浦潮"；元好问在《眉》中言"石绿香煤浅淡间，多情长带楚梅酸"。

晓出净慈寺 [1] 送林子方

〔宋〕杨万里

毕竟 [2] 西湖六月中，风光不与四时 [3] 同。
接天 [4] 莲叶无穷碧 [5]，映日荷花别样红 [6]。

注释

[1] 净慈寺：杭州著名佛寺，全名"净慈报恩光孝禅寺"。与灵隐寺为杭州西湖南北山两大著名佛寺。

[2] 毕竟：到底。

[3] 四时：春夏秋冬四季。

[4] 接天：因莲叶面积很广，好像是与天连接一般。

[5] 无穷碧：无边无际的青翠碧绿。

[6] 别样红：红得特别出色。

◎碧色

　　许慎在《说文解字》中言："碧，石之青美者。"即碧是一种青绿色的玉石。后来，逐渐成为一种颜色名词，意为碧绿色。

　　在古诗文中，诗人多用"碧"形容春夏时节草木茂盛的样子，如杜甫在《蜀相》中言"映阶碧草自春色，隔叶黄鹂空好音"，写出了武侯祠内春意盎然的景象。又如秦观在《风流子》中言"东风吹碧草，年华换、行客老沧洲"，写出了生机勃勃的春给人的美好感受。也会用"碧"形容山水之色，如柳宗元在《酬曹侍御过象县见寄》中言"破额山前碧玉流，骚人遥驻木兰舟"，这里的"碧玉流"便是形容江水的澄明，如碧玉之色；又如韩愈在《送桂州严大夫》中言"江作青罗带，山如碧玉簪"，以女性的首饰、服饰作比，高度概括了桂林的碧绿山水。

谒金门·吴山观涛 [1]

〔宋〕周密

　　天水碧。染就一江秋色。鳌 [2] 戴雪山龙起蛰 [3]。快风吹海立。

　　数点烟鬟 [4] 青滴。一杼 [5] 霞绡 [6] 红湿。白鸟明边帆影直。

隔江闻夜笛。

注释

[1] 吴山观涛：吴山，位于浙江杭州。涛，指的是钱塘江潮。此处是观潮胜地。

[2] 鳌：传说中海里的大龟或大鳖。

[3] 起蛰：蛰，指动物冬眠，潜伏起来不食不动。这里指的是动物从蛰伏中醒来。

[4] 烟鬟：这里是将云雾笼罩的山峦比作女子的发髻。

[5] 杼：古代指梭，这里用作量词，意为匹。

[6] 绡：指生丝织成的绸子。

◎天水碧

天水碧，一种浅青色。

"天水碧"，出自南唐李后主的宫廷。据《五国故事》《宋史·李煜世家》记载，当时，在李煜内官中，有一位妃子想要染出碧色的纱衣。谁知在纱衣染色的过程中，悬挂在外，忘记收回，"经夕未收"。于是，纱衣经露水打湿，颜色反而较之前更为鲜明。李煜看到被露水打湿的碧纱，十分喜爱。宫中的其他女子为了投其所好，开始纷纷"竞收露水，染碧以衣之"。由是，此色一时间蔚然成风，这便是天水碧。

在古诗文中，"天水碧"也多被用作色彩名词。如欧阳修在《渔家傲》中言"夜雨染成天水碧。朝阳借出胭脂色"；如周密在《谒金门·吴山观涛》中言"天水碧。染就一江秋色"。

闺怨 [1]

〔唐〕王昌龄

闺中少妇不知愁，春日凝妆 [2] 上翠楼。
忽见陌头 [3] 杨柳色，悔教夫婿觅 [4] 封侯。

注释

[1] 闺怨：少妇的幽怨。闺，女子卧室。古人的"闺怨"之作，一般是写
少女的青春寂寞，或少妇的离别相思之情。以此题材写的诗称"闺怨诗"。

[2] 凝妆：盛妆。

[3] 陌头：路边。

[4] 觅：寻求。

送元二使安西

〔唐〕王维

渭城 [1] 朝雨浥 [2] 轻尘，客舍 [3] 青青柳色新。
劝君更尽一杯酒，西出阳关 [4] 无故人。

注释

[1] 渭城：在今陕西省西安市西北，即秦代咸阳古城。
[2] 浥（yì）：润湿。
[3] 客舍：旅馆。
[4] 阳关：在今甘肃省敦煌西南，自古为赴西北边疆的要道。

◎柳色

柳色即柳树叶的颜色。虽然柳叶会随着季节的变化而呈现不同的颜色，但一般而言，人们常用"柳色"代指"春色"。

在古诗词中，柳色常被用于比喻诗人的一种思念、惆怅的心境，如王昌龄在《闺怨》中言"忽见陌头杨柳色，悔教夫婿觅封侯"。再如，王维在《送元二使安西》中言"渭城朝雨浥轻尘，客舍青青柳色新"，以春景暗喻离别，生动形象地写出了对友人的牵挂。这里的"柳"与"留"谐音便是离别的象征。

柳色亦是中国画的传统颜色之一。陶宗仪在《南村辍耕录·采绘法》中写到了古代柳色的调制方法，即"用枝条绿入槐花合"。为什么要注入黄色的槐花呢？这是因为在早春时节，柳树是先发黄嫩的新蕊的，故冯延巳在《浣溪沙》中会言"春到青门柳色黄"。

国风·卫风·淇奥 [1]

〔先秦〕《诗经》

瞻彼淇奥，绿竹猗猗 [2]。
有匪 [3] 君子，如切如磋，如琢如磨 [4]。
瑟兮僴兮，赫兮咺兮 [5]，有匪君子，终不可谖 [6] 兮。

瞻彼淇奥，绿竹青青。
有匪君子，充耳 [7] 琇莹 [8]，会弁 [9] 如星。
瑟兮僴兮，赫兮咺兮，有匪君子，终不可谖兮。

瞻彼淇奥，绿竹如箦 [10]。
有匪君子，如金如锡，如圭如璧 [11]。
宽兮绰兮，猗重较兮，善戏谑兮，不为虐兮。

注释

[1] 淇：淇水。奥（yù）：水边弯曲的地方。
[2] 猗（yī）猗：长而美貌。
[3] 匪：有文采貌。
[4] 切、磋、琢、磨：均指文采好，有修养。
[5] 瑟、僴、赫、咺：均有仪容庄重、神态威严之意。
[6] 谖（xuān）：忘记。
[7] 充耳：玉石制成的饰物，下垂至耳。
[8] 琇（xiù）莹：似玉的美石，宝石。
[9] 会弁：鹿皮帽。
[10] 箦："积"的假借字，堆积。
[11] 圭、璧：玉制礼器，显示佩带者身份、品德高雅。

严郑公宅同咏竹（得香字）

〔唐〕杜甫

绿竹半含箨 [1]，新梢才出墙。
色侵书帙 [2] 晚，阴过酒樽凉。
雨洗娟娟净，风吹细细香。
但令无剪伐，会见拂云长。

注释

[1] 含箨：箨，笋壳。包有笋壳。
[2] 书帙：帙，包书的布套。书套。

◎竹绿

　　竹绿指的是竹叶与竹竿的颜色。

　　在古诗文中，诗人多爱用"绿"字来形容竹子的色泽，如白居易在《齐物二首》中言"竹身三年老，竹色四时绿"；如李白在《下终南山过斛斯山人宿置酒》中言"绿竹入幽径，青萝拂行衣"；再如杜甫在《严郑公宅同咏竹》中言"绿竹半含箨，新梢才出墙"。

　　松、竹、梅，历来为人们喜爱，称为"岁寒三友"。也因竹的品性，其成了古代诗人们的吟咏对象。他们常常托物言志，表达心中所追求的高尚情操与气节。甚至于苏轼曾在《于潜僧绿筠轩》中言"可使食无肉，不可使居无竹"。

　　而竹绿色不仅是中国画的传统用色，是古代成熟女性常穿着的服饰色，同时也是古代建筑里的瓦当用色。我们常说的"红墙绿瓦"，这里的"绿"便包含了竹绿色。

素描——竹绿

绿竹半含箨，新梢才出墙。
色侵书帙晚，阴过酒樽凉。
　　　　——〔宋〕危稹

过江州岸回望庐山

〔宋〕杨万里

庐山山南刷铜绿，黄金锯解纯苍玉。
庐山山北泼蓝青，碧罗幛里翡翠屏。
昨日山南身历遍，今朝山北舟中看。
山南是我所部民，山北是我乡中人。
部民乡人何厚薄，有人问我山美恶。
诧南赊得乡里嫌，评北又道月旦[1] 严。
两评只在一言内，山如西子破瓜岁[2]，山南是面北是背。

注释

[1] 月旦：即"月旦评"。东汉名士许劭和许靖都喜欢品评人物，每月一换品题，称为"月旦评"。这里是品评的意思。
[2] 破瓜：旧时指女子十六岁。"瓜"字可破为"二八"字。

◎铜绿

铜绿，又称铜青、绿盐。因铜暴露于空气中，慢慢发生化学反应而在表层形成铜锈，又因铜锈色呈现绿色，故名。

作为我国的传统绘画颜色用料，铜绿可以使用人为方法获得。李时珍在《本草纲目》中言"把黄铜打成板片，用好醋泡一夜，放在糠内，微火烤薰，刮取铜绿"。

铜绿作为青铜时代的工艺保护色，不仅历史悠久，而且十分重要。商周时期是我国青铜器发展的鼎盛时期。青铜被制成各种用具，如兵器、礼器等，用于社会生活的各个方面。然而随着金属等其他材料的使用，青铜文明渐渐退出了历史舞台。而今我们在探索这段历史时，离不开对这些青铜器的研究。这些青铜器也正是因为有铜锈的保护，不易被腐蚀，才能从商周时期完好无损保留至今。

而在古诗文中，铜绿、铜青多是作为一种色彩名词被写入诗文里，如杨万里在《过江州岸回望庐山》中言"庐山山南刷铜绿，黄金锯解纯苍玉"，陆游在《新春感事八首终篇因以自解》中言"梁州陌上女成群，铜绿春衫罨画裙"。

下终南山过斛斯山人宿置酒

〔唐〕李白

暮从碧山下 [1]，山月随人归。

却顾 [2] 所来径，苍苍 [3] 横翠微 [4]。

相携及田家，童稚开荆扉 [5]。

绿竹入幽径，青萝 [6] 拂行衣。

欢言得所憩，美酒聊共挥 [7]。

长歌吟松风 [8]，曲尽河星稀 [9]。

我醉君复乐，陶然 [10] 共忘机 [11]。

注释

[1] 碧山：指终南山。下：下山。

[2] 却顾：回头望。

[3] 苍苍：苍翠、苍茫，强调群山在暮色中的那种苍茫貌。

[4] 翠微：青翠的山坡，此处指终南山。

[5] 荆扉：荆条编扎的柴门。

[6] 青萝：攀缠在树枝上下垂的藤蔓。

[7] 挥：举杯。

[8] 松风：古乐府琴曲名，即《风入松曲》，此处也有歌声随风而入松林之意。

[9] 河星稀：银河中的星光稀微，指夜深了。

[10] 陶然：形容欢乐的样子。

[11] 忘机：忘记世俗的机心。

鹧鸪天·十里楼台倚翠微 [1]

〔宋〕晏几道

十里楼台倚翠微。百花深处杜鹃啼。殷勤自与行人语，不似流莺取次 [2] 飞。

惊梦觉，弄晴时。声声只道不如归 [3]。天涯岂是无归意，争奈归期未可期。

注释

[1] 翠微：这里指青山。

[2] 取次：随意。

[3] 不如归：这里是指杜鹃的叫声音似"不如归"。

◎青翠色

翠，本指青翠的鸟儿，许慎在《说文解字》中言"青羽雀也，出郁林"。后来逐渐演变为泛指不同明度的绿色。

青翠色是由孔雀石研磨成粉而形成的。清代的《芥子园画谱》中言，将孔雀石磨成粉后加入水，沉在最底层的粗颗粒，是为"三绿"，即是青翠色的用料。

在古诗文中，翠色常被用来形容山林之茂密，山色之层叠，山气之轻缥，以营造一种生机勃勃的景象。如苏轼在《定风波·重阳》中言"与客携壶上翠微，江涵秋影雁初飞"，与友带酒登山，来到这青翠掩映的山腰幽深处。如晏几道在《鹧鸪天》中言"十里楼台倚翠微。百花深处杜鹃啼"，连绵十里的亭台楼阁，紧挨着青翠的山色延伸出去，甚是壮观。如温庭筠在《利州南渡》中言"澹然空水带斜晖，曲岛苍茫接翠微"，起伏的江岛、青翠的山岚，在斜晖下，呈现为一片苍茫。

遣兴

〔宋〕陆游

莫羡朝回带万钉^[1]，吾曹要可草堂灵。
风来弱柳摇官绿，云破奇峰涌帝青。
听尽啼莺春欲去，惊回梦蝶醉初醒。
从教俗眼憎疏放，行矣桐江酹^[2]客星！

注释

[1] 万钉：皇帝用以赏赐有武功之臣的宝带。
[2] 酹：把酒浇到地上。

◎官绿

　　陶宗仪在《南村辍耕录·采绘法》中言"官绿，即枝条绿是"。《广群芳谱》中言绿豆"粒粗而色鲜者为官绿，又名明绿，皮薄粉多。粒小而色暗者为油绿，又名灰绿，皮厚粉少"。可见，官绿是一种纯度十分鲜明的绿色，给人一种端正之感。

　　作为一种绘画颜料，关于官绿的制法，宋应星在《天工开物》中言"大红官绿色：槐花煎水染，蓝淀盖，浅深皆用明矾"。

　　而在古诗文中，官绿多用来形容江水之澄清、草木色泽之正。如黄公望在《方方壶画》中咏"一江春水浮官绿，千里归舟载客星"；张问陶在《岐山》中咏"细柳凝官绿，遥山簇帝青"。

八声甘州·摘青梅荐酒

〔宋〕汤恢

　　摘青梅荐酒，甚残寒、犹怯苎萝衣[1]。正柳腴花瘦，绿云冉冉[2]，红雪[3]霏霏。隔屋秦筝依约，谁品春词[4]。回首繁华梦，流水斜晖。

　　寄隐孤山[5]山下，但一瓢饮水[6]，深掩苔扉。羡青山有思，白鹤忘机。怅年华、不禁搔首，又天涯、弹泪送春归。销魂远，千山啼鴂，十里荼蘼。

注释

[1] 苎（zhù）萝衣：苎蔗藤萝制的衣服。
[2] 冉冉：形容缓缓流动的样子。
[3] 红雪：指凋落的红花。
[4] 春词：指男女之间的情词或咏春之词。
[5] 孤山：在杭州西湖中，孤峰独耸，秀丽清幽。
[6] 一瓢饮水：形容生活俭朴。

◎绿云	杜牧在《阿房宫赋》中言"绿云扰扰，梳晓鬟也"。乌青的云朵纷纷扰扰，这是宫妃们在梳理晨妆的发鬟。绿如墨，发如云，这是一种女子沐浴后头发油光水滑之色。
	而在古诗文中，绿云或被用来形容女子的秀发，如张泌在《江城子》中咏"绿云高绾，金簇小蜻蜓"，高绾的秀发好似绿云，秀发上发髻援簇。诗人以工笔细绘着爱慕之人的美丽。又如陆游在《清商怨·葭萌驿作》中咏"梦破南楼，绿云堆一枕"，这里的"绿云"便是指所思念的女子的美丽秀发。
	或被用来形容长势茂盛的植物，如汤恢在《八声甘州》"正柳腴花瘦，绿云冉冉，红雪霏霏"，杨柳枝叶婆娑，如团团绿云，柔软披垂，这里便是形容杨柳依依之貌。又如姜夔在《念奴娇·闹红一舸》中咏"清风徐来，绿云自动"，这里的"绿云"便是指那如车盖的绿荷。

冬夜书怀

〔唐〕王维

冬宵寒且永，夜漏[1]宫中发。
草白霭[2]繁霜，木衰澄清月。
丽服映颓颜，朱灯照华发。
汉家方尚少[3]，顾影惭朝谒。

注释

[1] 夜漏：漏，漏壶，古计时器。此处夜漏指报更的鼓声。
[2] 霭：霜雾迷茫的样子。
[3] 尚少：这里用了汉代颜驷不遇的典故。说的是当官久不能被提拔。

◎草白

相较于春夏季的草绿色，草白指的是枯草呈现出的一种浅淡的绿黄色。

在古诗词中，草白多出现在秋冬之季，于诗句中多营造出一种萧条、冷寂之感。如王昌龄在《听弹风入松阕赠杨补阙》中言"松风吹草白，溪水寒日暮"。白居易在《岁除夜对酒》中言"草白经霜地，云黄欲雪天"。王维在《冬夜书怀》中言"草白霭繁霜，木衰澄清月"。

杭州春望

〔唐〕白居易

望海楼明照曙霞，护江堤 [1] 白踏晴沙。
涛声夜入伍员 [2] 庙，柳色春藏苏小 [3] 家。
红袖 [4] 织绫诓柿蒂，青旗 [5] 沽酒趁梨花。
谁开湖寺西南路？草绿裙腰一道斜。

注释

[1] 堤：即白沙堤。
[2] 伍员：字子胥，春秋时楚国人。
[3] 苏小：即苏小小，为南朝钱塘名伎。
[4] 红袖：指织绫女。
[5] 青旗：指酒铺门前的酒旗。

怨王孙·春景

〔宋〕李清照

　　帝里[1]春晚，重门深院。草绿阶前，暮天雁断。楼上远信[2]谁传？恨绵绵。

　　多情自是多沾惹。难拚舍[3]。又是寒食[4]也。秋千巷陌，人静皎月初斜，浸梨花。

注释

[1] 帝里：指京城。这里指东京汴梁。
[2] 远信：远方的书信。
[3] 拚舍：割舍，舍弃。
[4] 寒食：节日名。

◎草绿色

草绿色是我国传统的色彩名词，指春夏季长势正茂盛的青草之色。对于此色的制法，古人多是用植物藤黄配以花青调制而成，用作绘画颜料或服饰染料。

它是一种十分有生命力的颜色。《周易正义》中言"天造万物于草创之始"。韩愈在《春雪》中也言"新年都未有芳华，二月初惊见草芽"。春是万物复苏的季节，诗人发现春的身影，便是从二月的草芽中看到的，足见草绿色在古代的重要地位。

在古诗词中，对于草绿色，在用词上，诗人除了用"草绿"来形容碧草如茵，也多用"青青"来强调青草之绿；而在思想感情上，或是纯粹的对草木、时节的赞美，或是用一望无际的青草指代深闺女子绵绵不绝的思念。如《古诗十九首·青青河畔草》中言："青青河畔草，郁郁园中柳，盈盈楼上女，皎皎当窗牖。娥娥红粉妆，纤纤出素手。昔为倡家女，今为荡子妇。荡子行不归，空床难独守。"这里便是用"青青""郁郁"这样的叠词，既形容草木之茂盛，又体现女子内心无限的孤独与哀怨。

第五章　白

· BAI

醉歌行

〔唐〕杜甫

别从侄勤落第归。

陆机二十作文赋，汝更小年能缀文。
总角草书又神速，世上儿子徒纷纷。
骅骝作驹已汗血，鸷鸟举翮连青云。
词源^[1]倒流三峡水，笔阵^[2]独扫千人军。
只今年才十六七，射策君门期第一。
旧穿杨叶真自知，暂蹶霜蹄未为失。
偶然擢秀非难取，会是排风有毛质。
汝身已见唾成珠，汝伯何由发如漆。
春光澹沱秦东亭，渚蒲牙白水荇青。
风吹客衣日杲杲，树搅离思花冥冥。
酒尽沙头双玉瓶，众宾皆醉我独醒。
乃知贫贱别更苦，吞声踯躅涕泪零。

注释

[1] 词源：这里指的是文思。
[2] 笔阵：笔法阵势，指的是行文气势。

雪梅

〔宋〕卢钺

梅雪争春未肯降[1]，骚人[2]阁笔[3]费评章[4]。
梅须逊雪三分白，雪却输梅一段香。

注释

[1] 降（xiáng）：服输。
[2] 骚人：借指代诗人。
[3] 阁笔：放下笔。阁，同"搁"。
[4] 评章：评议。这里指评议梅与雪的高下。

◎白色

在《说文解字》中，"白，西方色也。阴用事，物色白。"

事实上，在我国的传统色彩发展历程中，五色观是不能不提的。五正色为黑、白、赤、黄、青，伴随阴阳"五行"（金木水火土）、"五方"（东南西北中）而生。而这其中，白色作为正色之一，属金，在方位上指代西方。

而随着汉语语义的延伸、变化，而今在《现代汉语词典》中，白色的意义众多，或言它是与"黑"相对的，像霜或雪一样的颜色，或言它是光亮、明亮之义等等。

在古代，人们在丧事上多穿白色的衣服，因此白色被用作丧事的代称，以显庄严、肃穆之感。

另外，在古代的战场上，若一方举起了白旗，则表示投降的意思。因此这里的白，又有了失败的延伸义。

而在西方，白色则被视为神圣、纯洁的象征。因此，他们的婚礼上，新娘的礼服也多为白色。

在我国的传统文化中，不同时期，白色也有不同的寓意。《诗经·小雅·白驹》中言"姣姣白驹，在彼空谷"。这里的白驹便指那些贤达的隐士。

秦代时期，因秦始皇崇尚黑色，黑色成了尊贵的代名词，相对应的白色便成了平民们的服饰颜色，也就成了他们的代名词。这也就有了后来的"白丁"一词。

减字木兰花·其二

〔宋〕苏轼

五月二十四日，会于无咎之随斋。主人汲泉置大盆中，渍白芙蓉。坐客翛然，无复有病暑意。

回风落景[1]。散乱东墙疏竹影[2]。满坐清微。入袖寒泉不湿衣。梦回酒醒。百尺飞澜鸣碧井[3]。雪洒冰麾[4]。散落佳人白玉肌。

注释

[1] 落景：夕阳。
[2] 散乱东墙疏竹影：指的是东墙上映有散乱的竹子的影子。
[3] 百尺飞澜鸣碧井：从碧绿的井里汲水。百尺飞澜，形容井水的清凉。
[4] 雪洒冰麾：这里指的是井水洒在荷花上，清凉如冰雪一般。

◎白玉色

　　白玉色，或称玉色、玉白色，是中国传统玉石羊脂白玉的色彩。因呈现出润泽明亮的脂白色而得名。

　　自古以来，因白玉细腻、纯净、温润而备受君子士人喜爱，成为他们常佩戴的饰物。白玉色因此了有着富贵、祥瑞、纯洁等美好的寓意。

　　甚至于在《礼记·聘义》中有"君子比德于玉"的说法，足见玉石以其特性成为衡量君子德行的象征。

　　而在古诗词中，除了指代玉石本身外也有其他涵义，如李白在《口号吴王美人半醉》中咏"西施醉舞娇无力，笑倚东窗白玉床"，白玉床即白玉做的床。或指代美女，如李白的《怨歌行》咏"君王选玉色，侍寝金屏中"，苏轼的《戏咏徽子赠邻姬》咏"纤手搓来玉色匀，碧油煎出嫩黄深"。或形容面容姣好，脸色白净，如屈原在《楚辞·远游》中咏"玉色颎以脱颜兮，精醇粹而始壮"等等。

秋江词

〔明〕何景明

烟渺渺[1]，碧波远。白露晞[2]，翠莎[3]晚。泛绿漪[4]，蒹葭[5]浅，浦风[6]吹帽寒发短。美人立，江中流。暮雨帆樯江上舟，夕阳帘栊江上楼。舟中采莲红藕香，楼前踏翠芳草愁。芳草愁，西风起。芙蓉[7]花，落秋水。鱼初肥，酒正美。江白如练[8]月如洗，醉下烟波千万里。

注释

[1] 烟渺渺：这里指的是烟波浩渺的样子。

[2] 晞：干。

[3] 莎：草名，一种生长于河边的草本植物，根块称为百附子，可入药。

[4] 漪：水中的微波。

[5] 蒹葭：荻草和芦苇。

[6] 浦风：从水边吹来的风。

[7] 芙蓉：荷花的别称。

[8] 练：白娟。

秋风二首·其一

〔唐〕杜甫

秋风淅淅 [1] 吹我衣，东流之外西日微。
天清小城捣练 [2] 急，石古细路行人稀。
不知明月为谁好，早晚孤帆他夜归。
会将白发倚庭树，故园池台今是非？

注释

[1] 淅淅：形容风声。
[2] 捣练：捣洗煮过的熟绢。

◎练白色

练白色，又称素色、练色。许慎在《说文解字》中言"练，涷缯也"。在这里，缯指的是丝织品，涷通洗。可见，这是一种把丝织物在水中煮得柔软洁白的颜色。

在古代，对于丝织物的染色工序，人们都是先练后染的。通常来说，生丝多含有丝胶，只有充分脱胶后，才能更好地着色。"练"的目的就在于此。一般而言，古人常在春季练丝，在夏秋两季染丝。《周礼·天官·染人》中言"凡染，春暴练"，《诗经·国风·豳风·七月》中言"八月载绩"，绩即渍。

在古诗词中，"练"字常被用作颜色词使用，如陆游在《秋日睡起》中言"白露已过天益凉，练衣初覆篝炉香"，练衣指的是白色的衣服；王安石在《诉衷情》中言"练巾藜杖白云间"，练巾指的是白色的头巾。此外，"练"字也可形容皎洁的月光，如苏轼在《沁园春·孤馆灯青》中言"孤馆灯青，野店鸡号，旅枕梦残。渐月华收练，晨霜耿耿，云山摛锦，朝露团团"，这里的"月华收练"，便是形容月光像白色的绢一般。

东楼晓

〔唐〕白居易

脉脉复脉脉 [1]，东楼无宿客 [2]。
城暗云雾多，峡深田地窄。
宵灯尚留焰，晨禽初展翮 [3]。
欲知山高低，不见东方白。

注释

[1] 脉脉复脉脉：形容很深情的样子。
[2] 无宿客：失眠的人，这里是诗人自指。
[3] 翮：这里指的是鸟的翅膀。

◎东方白	黎明，太阳跃出地平线时的高空天色，蓝朦白透。 　　出自苏轼的《前赤壁赋》："客喜而笑，洗盏更酌。肴核既尽，杯盘狼籍。相与枕藉乎舟中，不知东方之既白。" 　　众多诗人曾对这一色彩进行描绘，如宋代诗人陆游在《鼠败书》中咏"云归雨亦止，鸦起窗既白"；宋代诗人林正大在《括酹江月》中咏"江上清风，山间明月，与子欢无极。翻然一笑，不知东方既白"。

春愁曲

〔唐〕温庭筠

红丝穿露珠帘冷，百尺哑哑下纤绠 [1]。
远翠愁山入卧屏，两重云母 [2] 空烘影。
凉簪 [3] 坠发春眠重，玉兔爇香柳如梦。
锦叠 [4] 空床委堕 [5] 红，飔飔 [6] 扫尾双金凤。
蜂喧蝶驻俱悠扬，柳拂赤栏纤草长。
觉后梨花委平绿 [7]，春风和雨吹池塘。

注释

[1] 下纤绠：纤绠，本指细细的井绳，这里是指帘绳。将帘绳放下的意思。
[2] 云母：用云母作为装饰的屏风。
[3] 凉簪：用玻璃作点缀的簪子。
[4] 锦叠：锦被。
[5] 委堕：下坠。
[6] 飔（sī）飔：形容风声。
[7] 平绿：草地。

◎云母白

云母白，传统色彩名词。天然的云母有四种，分别是白云母、绿云母、金云母、黑云母，而云母白的色彩就来自矿石白云母，常被用于服饰染制。

云母是一种矿物，以钾元素为主要成分，劈开后呈现层状结构，半透明状，有光泽，多存在花岗岩中。

若作为绘画颜料，常给人一种轻盈、柔和、缥缈之感。且由于该色泽在画面呈现上较为不明显，画师们常常会添加一些其他颜色，以增强整体画面的色彩饱和度。

而在古诗文中，我们也可以看到古人常用其装饰屏风、窗户等，如李商隐的《嫦娥》咏"云母屏风烛影深，长河渐落晓星沉"，《和马郎中移白菊见示》中咏"浮杯小摘开云母，带露全移缀水精"，温庭筠的《春愁曲》咏"远翠愁山入卧屏，两重云母空烘影"。

大招 [1]

〔先秦〕屈原

青春受谢 [2]，白日昭只 [3]。

春气奋发，万物遽 [4] 只。

冥凌浃 [5] 行，魂无逃只。

魂魄归来！无远遥 [6] 只。

魂乎归来！无东无西，无南无北只。

东有大海，溺水㴲㴲 [7] 只。

螭龙并流 [8]，上下悠悠只。

雾雨淫淫 [9]，白皓胶 [10] 只。

注释

[1] 大招：《大招》。一说是屈原所作，为屈原自招，或说为屈原招怀王魂。一说是景差所作，为招屈原魂。

[2] 青春：春天。谢：离去。

[3] 昭：明亮。只：句末语气词。

[4] 遽：竞争。此处指春天万物竞相生长。

[5] 冥：幽暗。此处指北方之神玄冥。王逸《章句》："玄冥，北方之神也。"凌：驰骋。王逸《章句》："犹驰也。"浃：周遍。

[6] 遥：漂遥。

[7] 溺水：形容水很深，容易使人沉溺其中。㴲㴲：水流动的样子。

[8] 并流：顺流而行。

[9] 淫淫：连绵不止的样子。

[10] 皓胶：雨雾蒙蒙的样子，像凝固在天空中一样。

魂乎无东！汤谷寂只。

魂乎无南！南有炎火千里 [11]，蝮蛇蜒 [12] 只。

山林险隘，虎豹蜿 [13] 只。

鳝鳙短狐 [14]，王虺 [15] 骞只。

魂乎无南！蜮 [16] 伤躬只。

魂乎无西！西方流沙，漭洋洋 [17] 只。

豕首纵目 [18]，被发鬤 [19] 只。

长爪踞牙 [20]，诶 [21] 笑狂只。

[11] 炎火千里：据《玄中记》载，扶南国东有炎山，四月火生，十二月灭，余月俱出云气。炎火，炎热。

[12] 蜒：蛇类爬行的样子。

[13] 蜿：屈曲行走的样子。

[14] 短狐：古代传说中的一种藏在水里能含沙射人、使人得病的动物。

[15] 王虺（huǐ）：大毒蛇。

[16] 蜮（yù）：即短狐。

[17] 漭（mǎng）洋洋：形容流沙广阔无边的样子。漭，宽广，辽阔。

[18] 纵目：眼睛竖起。

[19] 鬤：毛发散乱的样子。

[20] 踞牙：锋利的牙齿。踞，通"锯"。

[21] 诶（xī）：同"嬉"。

魂乎无西！多害伤只。

魂乎无北！北有寒山，逴龙赩 [22] 只。

代水 [23] 不可涉，深不可测只。

天白颢颢 [24]，寒凝凝只。

魂乎无往！盈北极 [25] 只。

魂魄归来，闲以静只。

自恣 [26] 荆楚，安以定只。

逞志究 [27] 欲，心意安只。

[22] 逴龙：即"烛龙"，神话传说中人面蛇身的怪物，居于北方极寒之地。
赩（xì）：赤色。
[23] 代水：神话中的水名。
[24] 颢颢：洁白的样子。此处指冰雪。
[25] 北极：北方极远极寒之地。
[26] 自恣：自由放纵。
[27] 逞：显示，施展。究：极，尽。

穷身[28]永乐，年寿延只。

魂乎归来！乐不可言只。

五谷六仞[29]，设菰粱[30]只。

鼎臑[31]盈望，和致芳[32]只。

内鸧鸽鹄[33]，味[34]豺羹只。

魂乎归来！恣所尝只。

鲜蠵[35]甘鸡，和楚酪[36]只。

醢豚苦狗[37]，脍苴蓴[38]只。

[28] 穷身：终身。穷，终，自始至终的整段时间。
[29] 五谷：指各种谷物。六仞：指五谷堆积之多。仞，古代长度单位，七尺或八尺为一仞。
[30] 设：陈列。菰粱：即菰米。秋结实像米，用来做饭十分香美。
[31] 鼎臑：用鼎煮烂的食物。臑，通"胹"，煮烂。
[32] 和致芳：调和使食物芳香。
[33] 内：同"肭"，肥美的意思。鸧：鸧鹒，即黄鹂。鸽：鹁鸠。鹄：天鹅。
[34] 味：和，调和。
[35] 蠵（xī）：大龟。
[36] 酪：乳浆。
[37] 苦狗：用胆汁调和的狗肉。
[38] 脍：细切。苴蓴（pò）：即蘘荷，一种草本植物，古人调羹用的香菜。

吴酸蒿蒌[39]，不沾薄[40]只。

魂兮归来！恣所择只。

炙鸹烝凫[41]，煔鹑[42]陈只。

煎鰿臛[43]雀，遽爽存[44]只。

魂乎归来！丽[45]以先只。

四酎并孰[46]，不涩嗌[47]只。

清馨冻歓[48]，不歠役[49]只。

吴醴白蘗[50]，和楚沥[51]只。

[39] 蒿蒌：即香蒿和蒌蒿，可食用。
[40] 沾：浓，多汁。薄：淡，无味。
[41] 鸹：乌鸦。凫：野鸭。
[42] 煔：煮肉。鹑：鹌鹑。
[43] 臛（huò）：肉羹。
[44] 遽：通"渠"，如此。爽存：口齿留香。爽，爽口。
[45] 丽：附着，来到。
[46] 酎（zhòu）：醇酒。孰：同"熟"。
[47] 涩（sè）嗌（yì）：使咽喉感到苦涩。涩，同"涩"，苦涩，不顺滑。嗌，咽喉。
[48] 冻：冰镇后饮用。歓，通"饮"。
[49] 不歠（chuò）役：不可以给仆役低贱之人喝。歠，饮用。役，仆役，卑贱之人。
[50] 醴：甜酒。白蘗（niè）：米曲。
[51] 沥：清酒。

魂乎归来！不遽惕只。

代秦郑卫 [52]，鸣竽张 [53] 只。

伏戏《驾辩》[54]，楚《劳商》[55] 只。

讴和《扬阿》[56]，赵箫倡只。

魂乎归来！定空桑 [57] 只。

二八接舞 [58]，投诗赋 [59] 只。

叩钟调磬，娱人乱 [60] 只。

四上竞气 [61]，极声变只。

[52] 代秦郑卫：指代、秦、郑、卫四国的乐舞。

[53] 张：奏起乐曲。

[54] 伏戏：即伏羲。《驾辩》：古乐曲名。

[55] 《劳商》：古乐曲名。

[56] 讴：清唱。《扬阿》：即《阳阿》，古代楚地歌曲名。

[57] 定：调定琴弦的音位。空桑：瑟名。

[58] 二八：指女乐的两列，每列八人。接舞：相继起舞。

[59] 投诗赋：指舞步与诗歌的节奏相配合。投，合，迎合。

[60] 乱：此处指欢快。

[61] 四上：指前文代、秦、郑、卫四国之鸣竽。竞气：竞争乐曲之美。

魂乎归来！听歌撰[62]只。

朱唇皓齿，嫭以姱[63]只。

比德好闲[64]，习以都[65]只。

丰肉微骨，调以娱只。

魂乎归来！安以舒只。

嫮[66]目宜笑，蛾眉曼只。

容则[67]秀雅，稚[68]朱颜只。

魂乎归来！静以安只。

[62] 撰：具备。
[63] 嫭（hù）：美丽，美好。姱：美丽，美好。
[64] 比德：才德相同。好闲：性喜娴静。
[65] 习：习于礼仪。都：雅，仪态美好。
[66] 嫮（hù）：同"嫭"，美好。
[67] 容则：仪容，仪表。
[68] 稚：一作"稚"，幼。

娉修滂浩[69]，丽以佳只。

曾颊倚耳[70]，曲眉规[71]只。

滂心[72]绰态，姣丽施只。

小腰秀颈，若鲜卑[73]只。

魂乎归来！思怨移只。

易中利心[74]，以动作只。

粉白黛[75]黑，施芳泽只。

长袂拂面，善留客只。

[69] 滂浩：广大的样子。此处指心胸宽广。
[70] 曾颊：形容面容丰满。曾，重。倚耳：两耳向后贴。
[71] 规：圆规。
[72] 滂心：指情感丰富。
[73] 鲜卑：一种大带的名字。
[74] 易中利心：内心正直温和。易，平易，和气。利，和。
[75] 粉：古代女子涂脸的脂粉。黛：古代女子画眉的青黑色颜料。

魂乎归来！以娱昔 [76] 只。

青色直眉 [77]，美目媔 [78] 只。

靥辅奇牙 [79]，宜笑嫣 [80] 只。

丰肉微骨，体便娟 [81] 只。

魂乎归来！恣所便只。

夏屋广大，沙堂 [82] 秀只。

南房小坛 [83]，观绝霤 [84] 只。

曲屋步壛 [85]，宜扰畜 [86] 只。

[76] 昔：通"夕"，晚上。

[77] 青色：指青黑色的眉毛。直眉：双眉相连。直，同"值"。

[78] 媔：眼睛美好的样子。

[79] 靥（yè）辅：脸颊上的酒窝。奇牙：牙齿好看。

[80] 嫣：笑的样子。

[81] 便娟：形容体态轻盈美好的样子。

[82] 沙堂：用朱砂涂的厅堂。

[83] 房：厅堂左右两侧的房间。坛：场所。此处指可以游览休憩的庭院。

[84] 观：楼。绝霤（liù）：指楼观很高，超过了屋檐。霤，屋檐。

[85] 曲屋：回环的楼阁。此处指楼与楼之间的驾空复道。步壛（yán）：即步廊，长廊。

[86] 扰畜：此处指驯养马畜。扰，驯养。

腾驾步游^[87]，猎春囿只。

琼毂错衡，英华假^[88]只。

茝兰桂树，郁弥路只。

魂乎归来！恣志虑只。

孔雀盈园，畜鸾皇只。

鹃^[89]鸿群晨，杂鹙鸧^[90]只。

鸿鹄代游，曼^[91]鹔鹴只。

魂乎归来！凤凰翔只。

[87] 步游：行游，漫游。
[88] 假：盛大。
[89] 鹃：鹃鸡，一种像鹤的鸟，红嘴长颈，黄白色羽毛。
[90] 鹙鸧：水鸟名，头秃长颈，黑色羽毛。
[91] 曼：曼衍，延续。

曼泽[92] 怡面，血气盛只。

永宜厥身，保寿命只。

室家盈廷[93]，爵禄盛只。

魂乎归来！居室定只。

接径[94]千里，出若云[95]只。

三圭重侯[96]，听类神[97]只。

察笃夭隐[98]，孤寡存[99]只。

魂乎归来！正始昆[100]只。

[92] 曼泽：细腻润泽。

[93] 室家：指宗族。盈廷：充满朝廷。

[94] 接径：道路相连，四通八达。此处指楚国地域广阔。

[95] 出若云：出行像云聚集。此处指出行时护卫侍从众多。

[96] 三圭重侯：指国家重臣。三圭，此处指公爵、侯爵和伯爵。古代公执桓圭，侯执信圭，伯执躬圭，故称"三圭"。重侯，指子爵和男爵。

[97] 听类神：听审狱讼，有如神明。听，听察。

[98] 笃：厚，优待。夭：夭折，短命。隐：忧患，痛苦。

[99] 存：体恤，慰问。

[100] 正始昆：定仁政之先后。正，定。昆，后。

田邑千畛[101]，人阜昌[102]只。

美冒众流[103]，德泽章只。

先威后文[104]，善美明只。

魂乎归来！赏罚当只。

名声若日，照四海只。

德誉配天，万民理只。

北至幽陵[105]，南交阯[106]只。

西薄羊肠[107]，东穷海只。

魂乎归来！尚贤士只。

发政献行[108]，禁苛暴只。

[101] 畛（zhěn）：田间小路。
[102] 阜昌：繁荣昌盛。
[103] 美：指美善的教化。冒：覆盖，遍及。众流：指广大民众。
[104] 先威后文：先以权威武力服众，后用文治教化众人。
[105] 幽陵：古地名，即幽州。
[106] 交阯：古地名，南方少数民族地区。
[107] 羊肠：西方山名。
[108] 发政：发布政令。献行：指百官进献治世良策。献，进。

举杰压陛[109]，诛讥罢[110]只。

直赢[111]在位，近禹麾[112]只。

豪杰执政，流泽施只。

魂乎来归！国家为只。

雄雄赫赫[113]，天德明只。

三公[114]穆穆，登降[115]堂只。

诸侯毕极[116]，立九卿只。

昭质[117]既设，大侯[118]张只。

执弓挟矢，揖辞让[119]只。

魂乎来归！尚三王[120]只。

[109] 举杰压陛：推举贤才，使其充满朝廷。陛，殿堂前的台阶。

[110] 诛：惩罚。讥：贬谪。罢：同"疲"，疲软，指不堪大任的庸人。

[111] 直赢：正直而有才的人。

[112] 近：亲近，听从。禹：即夏禹。麾：指挥。

[113] 雄雄赫赫：形容声势盛大的样子。

[114] 三公：古代辅佐君王的最高官职，即"太师""太傅""太保"。

[115] 登降：上下，此处指出入。

[116] 毕极：全都到了。极，至。

[117] 昭质：箭靶的中心。

[118] 大侯：大幅的布做的箭靶。

[119] 揖（yī）辞让：古代射箭之礼，参赛者执弓挟矢拱手相互辞让，进退有礼。

[120] 三王：指夏禹、商汤、周文王。

◎粉色

粉色，传统颜色名词，这里它并不是我们现在所言的"粉色"。最早的"粉"字指的是女子使用的美白化妆品。许慎的《说文解字》中言"粉，敷面者也，从米分声"。可见，这种美白颜料是把白米研磨成粉而得到的。后来，随着时代的进步，妆粉的材质和色彩都有了进一步的发展，如珍珠粉、石膏粉等。

事实上，早在先秦时期，就开始使用这种化妆技术了。屈原在《楚辞·大招》中言"粉白黛黑，施芳泽只"。这里的"粉白黛黑"指的便是古代女子用白粉敷面，用黛黑画眉。究其原因，主要是自古以来，人们多以白为美。《诗经·卫风·硕人》对美人的描述便是"手如柔荑，肤如凝脂"，即手像春芽般柔嫩，皮肤若凝脂般白润。可见，对于美白的追求，古来有之。

此外，在古代，并非只有女子才会涂抹白粉。汉代时期，男子也有涂白粉的习惯。在化妆时，不同的妆容也有不同的叫法。若只在脸上涂抹白粉，则叫"泪妆"，但若在此基础上还添加胭脂等，则叫"红妆"。

而在古诗词中，"粉色"多指面色、妆容，如杜荀鹤在《蚕妇》中言"粉色全无饥色加，岂知人世有荣华"，王安石在《与微之同赋梅花得香字三首》中言"汉宫娇额半涂黄，粉色凌寒透薄妆"。

第六章　黑

·HEI

崔濮阳兄季重前山兴

〔唐〕王维

秋色有佳兴，况君池上闲。
悠悠西林下，自识门前山。
千里横黛色，数峰出云间。
嵯峨 [1] 对秦国，合沓 [2] 藏荆关 [3]。
残雨斜日照，夕岚飞鸟还。
故人今尚尔，叹息此颓颜。

注释

[1] 嵯峨：形容山峰险峻的样子。
[2] 合沓：指山峰重叠。
[3] 荆关：柴扉。

感遇二首·其二

〔唐〕岑参

北山有芳杜[1]，靡靡[2]花正发。
未及得采之，秋风忽吹杀。
君不见拂云百丈青松柯，纵使秋风无奈何。
四时常作青黛色，可怜杜花不相识。

注释

[1] 杜：芳草名，指杜若、杜蘅等。
[2] 靡靡：形容草木茂盛。

| ◎黛色 | "黛"本是古代女子用来画眉的青黑色颜料。刘勰在《文心雕龙·情采》中言"夫铅黛所以饰容，而盼倩生于淑姿"。李白在《对酒》里也曾咏"青黛画眉红锦，道字不正娇唱歌"。可见，在古代，此色是一种美眉的象征。 |

清代段玉裁曾言"染青石谓之点黛"，这里的"青石"，亦称黛石。古人利用矿石颜料能给皮肤染色这一特性，在把眉毛修剪后，用此石勾勒眉型，填补颜色。螺子黛是一种以"黛色"命名的画眉用品，其色妩媚，在古代不仅贵奢，而且奇货可居。颜师古在《隋遗录》中曾记载"螺子黛出波斯国，每颗值十金"，隋朝后宫妃嫔无不争相使用。欧阳修也曾咏"浅螺黛，淡燕脂，闲妆取次宜"。

当然，在诗歌中，"黛"的适用范围较为广阔，不仅仅局限于眉色。有用"黛"指代女子，如白居易的"回眸一笑百媚生，六宫粉黛无颜色"。有用"黛色"指代林竹山水景色，如王维的"千里横黛色，数峰出云间"，杜甫的"霜皮溜雨四十围，黛色参天二千尺"。南朝时期文学家鲍照在《登大雷岸与妹书》中写"从岭而上，气尽金光，半山以下，纯为黛色"，雾岚散尽的山顶显现出一片金光，半山腰以下则是青苍的黛色。在这些诗文中，皆是因青黑色与自然山水的墨绿景色十分相似，才有了此象征义。

从古至今，"黛"在传统文化中有着不可替代的作用。于妆容，一笔黛色，万种风情；于风光，黛色山水，灵动清净；于爱情，张敞画眉，情比金坚。

八月十二日夜诚斋 [1] 望月

〔宋〕杨万里

才近中秋月已清 [2]，鸦青幕 [3] 挂一团冰。
忽然觉得今宵月，元不黏天 [4] 独自行。

注释

[1] 诚斋：诗人的书室名，且是诗人的号。

[2] 月已清：指月亮在没有云雾的天空中。

[3] 鸦青幕：鸦青，颜色名称，一种暗青色，比正青色略为淡雅。这里是形容月夜的天空颜色。

[4] 元不黏天：元，即"原"。这里是说月亮原来不是黏在天上的。

◎鸦青	鸦青，中国传统色彩名词。因类似于乌鸦羽毛的颜色，故名。表现为一种暗青色，黑中泛着点青紫光，出自黄庭坚的"极知鹄白非新得，谩染鸦青袭旧书"。元代王思善在《调合服饰器用颜色》中言"鸦青，用苏青衬螺青罩"，这便言明了在服装染色时，人们调出此色的一般做法。 　　元代曾出现过一种纸币，因用鸦青色纸印制，被称为"鸦青钞"。 　　明代，平民服饰禁用大红、鸦青、黄等色彩，以免与贵族服色相混。 　　诗歌中常出现的"鸦雏色"，与"鸦青"属于相似色，多用来形容女子的黑发色。如江淹的《西洲曲》言"单衫杏子红，双鬓鸦雏色"。

素描——鸦

才近中秋月已清，鸦青幕挂一团冰。

——〔清〕金永爵

无题

〔唐〕李商隐

飒飒 [1] 东风细雨来，芙蓉塘 [2] 外有轻雷。

金蟾啮锁烧香入，玉虎牵丝汲井回。

贾氏窥帘 [3] 韩掾少，宓妃 [4] 留枕魏王才。

春心 [5] 莫共花争发，一寸相思一寸灰。

注释

[1] 飒飒：形容风的声音。

[2] 芙蓉塘：荷花塘。在诗词中，多指男女约会之地。

[3] 贾氏窥帘：西晋贾充的女儿一次在门帘后窥见她父亲的下属韩寿，一见倾心，之后二人私通，被贾充发现。好在后来，贾充将女儿嫁给了韩寿。

[4] 宓妃：伏羲氏之女，因于洛水中溺死，成了洛神。此处指的是曹丕的皇后甄氏。

[5] 春心：男女之间的相思相爱之情。

忆江南 [1]·昏鸦尽

〔清〕纳兰性德

　　昏鸦尽，小 [2] 立恨因谁 [3]？急雪乍翻香阁絮，轻风吹到胆瓶 [4] 梅。心字 [5] 已成灰。

注释

[1] 忆江南：一作"梦江南"。

[2] 小：偶尔。

[3] 恨因谁：因何事而内心惆怅。

[4] 胆瓶：一种花瓶的名称，因形状类似于悬胆而得名。

[5] 心字：一种香的名称，即心字香。

◎灰色

　　灰色，即灰的颜色。它是一种物质经过燃烧后剩下的粉末状东西的颜色，介于黑色和白色之间，许慎在《说文解字》中也言"灰，死火余烬也"。自古以来，灰色多给人一种消极、负面、消沉的感受。因此，在文人墨客的笔下，他们也多将灰色与内心的凄苦情绪融合在一起，如此便有了"一寸相思一寸灰""心字已成灰"等这些诗句。

　　"相思灰"，中国传统的色彩名称。相思成灰，便是诗人们巧妙地将相思的凄苦与暗淡的灰色关联，从而成就了"相思灰"这一命名。古人笔下的相思，如晏几道的"两鬓可怜青，只为相思老"；唐寅的"晓看天色暮看云，行也思君，坐也思君"；秦观的"相忆事，纵蛮笺万叠，难写微茫"……不管他们如何书写，传递出来的那一种淡淡的苦涩，绵绵不绝，万念皆成灰。由此，"相思灰"也成了最深情的颜色。纵使思绪万千，唯心一恋，唯爱不变。

　　除了在诗歌中，在雨后徽式建筑的门楼、马头墙的青瓦上，你也可以捕捉到这种颜色。一般而言，徽式建筑给人最为直观的感受便是黑白灰三色的简约之美，仿若置身于水墨画中。而这灰的色调便是来源于青瓦。青瓦一般取自于黏土，在烧熟之后，经润窑的工序，便可呈现出青灰色。若此时，来点雨雾氤氲在青瓦上，你便能感受到一种淡淡的哀伤蔓延。

茅屋为秋风所破歌

〔唐〕杜甫

八月秋高风怒号，卷我屋上三重茅。

茅飞渡江洒江郊，高者挂罥[1]长林梢，下者飘转沉塘坳[2]。

南村群童欺我老无力，忍能对面为盗贼。

公然抱茅入竹去，唇焦口燥呼不得。

归来倚杖自叹息。

俄顷风定云墨色，秋天漠漠向昏黑。

布衾[3]多年冷似铁，娇儿恶卧[4]踏里裂。

床头屋漏无干处，雨脚[5]如麻未断绝。

自经丧乱少睡眠，长夜沾湿何由彻[6]！

安得广厦[7]千万间，大庇[8]天下寒士俱欢颜，风雨不动安如山？

呜呼！何时眼中突兀[9]见此屋，吾庐独破受冻死亦足！

注释

[1] 挂罥：挂着。
[2] 坳：低洼之地。
[3] 布衾：穷人所用的不好的被子。
[4] 恶卧：睡相不好。
[5] 雨脚：雨点。
[6] "自经"二句：此句指的是遭逢祸乱以来，一直忧国忧民，经常难以入眠。而现在又恰逢秋夜，不仅漫长且更深露重，让人更加难以入睡，怎么挨到天亮啊。
[7] 广厦：高大的房屋。
[8] 庇：遮挡，庇护。
[9] 突兀：高耸的样子。

◎墨色

《广雅·释器》中言"墨，黑也"。在我国，最早出现的黑色颜料主要来自天然矿物中的石墨和煤炭。

墨亦是传统书写与绘画中所用的黑色颜料，在书法与国画艺术上占有十分重要的地位。唐代时期，中国画中墨色的作用不断彰显，以墨代色，产生了墨分五色的理论，即焦、浓、重、淡、清。如淡墨给人一种透亮、清爽之感；浓墨给人一种浑厚之感等。

第七章 褐

· HE

:

国风·豳风·七月

〔先秦〕《诗经》

　　七月流火 [1]，九月授衣 [2]。一之日觱发 [3]，二之日栗烈 [4]。无衣无褐 [5]，何以卒岁！三之日于 [6] 耜，四之日举趾。同我妇子，馌 [7] 彼南亩，田畯 [8] 至喜。

　　七月流火，九月授衣。春日 [9] 载阳，有鸣仓庚 [10]。女执懿 [11] 筐，遵彼微行，爰 [12] 求柔桑 [13]。春日迟迟 [14]，采蘩 [15] 祁祁。女心伤悲，殆及公子 [16] 同归。

注释

[1] 七月流火：火，星名，即心宿二，每年夏历六月出现于正南方，位置最高，七月后逐渐偏西下沉，故称"流火"。
[2] 授衣：由女工来制作冬天穿的衣服。
[3] 觱（bì）发：指的是寒风吹物发出的声音。
[4] 栗烈：或作"凛冽"，形容寒气刺骨。
[5] 褐：粗布衣。
[6] 于：犹"为"，修理。
[7] 馌（yè）：送饭。
[8] 田畯（jùn）：农官名，又称农正或田大夫。
[9] 春日：夏历三月。
[10] 仓庚：鸟名，就是黄莺。
[11] 懿（yì）：深。
[12] 爰（yuán）：于是。
[13] 柔桑：初生的桑叶。
[14] 迟迟：漫长。
[15] 蘩（fán）：菊科植物，即白蒿。古人用于祭祀，女子在嫁前有"教成之祭"。
[16] 公子：指国君之子。

七月流火，八月萑苇^[17]。蚕月条桑^[18]，取彼斧斨^[19]，以伐远扬^[20]，猗^[21]彼女桑。七月鸣鵙^[22]，八月载绩。载玄^[23]载黄，我朱^[24]孔阳，为公子裳。

四月秀葽^[25]，五月鸣蜩^[26]。八月其获，十月陨萚^[27]。一之日于貉^[28]，取彼狐狸，为公子裘。二之日其同^[29]，载缵武功^[30]，言私其豵^[31]，献豜^[32]于公。

[17] 萑（huán）苇：芦苇。
[18] 蚕月：指三月。条桑：修剪桑树。
[19] 斨（qiāng）：方孔的斧头。
[20] 远扬：指长得太长而高扬的枝条。
[21] 猗：作"掎"，牵引。
[22] 鵙（jú）：鸟名，即伯劳。
[23] 玄：是黑而赤的颜色。
[24] 朱：赤色。
[25] 葽（yāo）：植物名。
[26] 蜩（tiáo）：蝉。
[27] 陨萚（tuò）：落叶。
[28] 貉（hé）：哺乳动物。外貌像狐狸，昼伏夜出。
[29] 同：聚合，言狩猎之前聚合众人。
[30] 缵（zuǎn）：继续。武功：指田猎。
[31] 豵（zōng）：一岁小猪，这里用来代表比较小的兽。
[32] 豜（jiān）：三岁的猪，代表大兽。

五月斯螽[33]动股，六月莎鸡[34]振羽。七月在野，八月在宇，九月在户，十月蟋蟀入我床下。穹[35]窒熏鼠，塞向墐[36]户。嗟我妇子，曰为改岁，入此室处。

六月食郁[37]及薁，七月亨葵及菽[38]。八月剥[39]枣，十月获稻。为此春酒[40]，以介[41]眉寿。七月食瓜，八月断壶[42]，九月叔[43]苴。采荼薪樗[44]，食我农夫。

[33] 斯螽（zhōng）：虫名，蝗类，即蚱蜢、蚂蚱。
[34] 莎鸡：虫名，今名纺织娘。
[35] 穹：清除。
[36] 墐：用泥涂抹。贫家门扇用柴竹编成，涂泥使其不通风。
[37] 郁：植物名，树高五六尺，果实像李子，赤色。
[38] 菽（shū）：豆的总名。
[39] 剥：通"打。
[40] 春酒：冬天酿酒经春始成，叫作"春酒"。
[41] 介：祈求。
[42] 壶：葫芦。
[43] 叔：拾。
[44] 樗（chū）：木名，臭椿。

九月筑场[45]圃，十月纳[46]禾稼。黍稷重[47]穋，禾麻菽麦[48]。嗟我农夫，我稼既同，上入执宫功[49]。昼尔于茅，宵尔索[50]綯。亟其乘屋[51]，其始播百谷。

二之日凿冰冲冲[52]，三之日纳于凌[53]阴。四之日其蚤[54]，献羔祭韭[55]。九月肃霜[56]，十月涤场[57]。朋酒[58]斯飨，曰杀羔羊。跻[59]彼公堂，称彼兕觥[60]，万寿无疆！

[45] 场：是打谷的场地。

[46] 纳：收进谷仓。

[47] 重：即"种"，是先种后熟的谷。

[48] 禾麻菽麦：这句的"禾"是专指一种谷，即今之小米。

[49] 功：事。

[50] 索：动词，指制绳。

[51] 乘屋：盖屋。

[52] 冲冲：凿冰之声。

[53] 凌：冰。

[54] 蚤：同"早"，此处指早朝，古代的一种祭祀仪式。

[55] 献羔祭韭：这句是说用羔羊和韭菜祭祖。

[56] 肃霜：意思是九月天高气爽。

[57] 涤场：清扫场地。

[58] 朋酒：两樽酒。

[59] 跻（jī）：登。

[60] 兕（sì）觥：角爵。古代用兽角做的酒器。

◎褐色

　　褐色是一种调和色，由黄、红、黑三色调制而成，在传统的五色观中，属于间色。相较于其他颜色，它是一种色感十分低调、沉闷的颜色。

　　褐色是作为传统的中国画用色之一，有深淡冷暖色调之分。在《碎金》中记录了各种各样的褐色，有金茶褐、秋茶褐、酱茶褐、沉香褐、鹰背褐、砖褐、豆青褐、葱白褐、枯竹褐、珠子褐、迎霜褐、藕丝褐、茶绿褐、葡萄褐、油粟褐、檀褐等等。陶宗仪在《南村辍耕录·采绘法》中说明了不同褐色的调制方法，如"丁香褐，用肉红为主，入少槐花合""艾褐，用粉入槐花、螺青、土黄、檀子合""檀褐，用土黄入紫花合""鹰背褐，用粉入檀子、烟墨、土黄合""珠子褐，用粉入藤黄、燕支合"。

　　褐在古代也指一种用棕色粗麻等制成的衣物，称为褐衣、粗布衣等。又因这种衣服多为贫穷之人所穿，也成了这一类人的代称，如《诗经·国风·豳风·七月》中就有"无衣无褐，何以卒岁"之言。

寄西山勤道人

〔宋〕林逋

天竺山深桂子丹，白猿啼在白云间。
死生不出千门 [1] 事，坐卧无如一室闲。
谁伴锡痕过寂历 [2]，自凭茶色对屝颜。
忘机亦有庞居士，园井萧疏病掩关。

注释

[1] 千门：佛教用语，修行的种种法门。
[2] 寂历：冷清、冷寂。

◎茶色	茶色，顾名思义，指的是茶汤的颜色。 我国喝茶的历史十分悠久。唐代陆羽的《茶经》是世界上第一部茶学专著，上面记载到"茶之为饮，发乎神农氏"。可见，早在神农氏时期，我国就有人开始饮茶了。 岑参在《暮秋会严京兆后厅竹斋》中咏"京兆小斋宽，公庭半药阑。瓯香茶色嫩，窗冷竹声干"。梅尧臣在《送良玉人上还昆山》中咏"来衣茶色袍，归变棋色服"。姚燮《古怨辞九章·其五》中咏"酽茶色如酒，饮之难醉人"。

素描——茶香

天竺山深桂子丹，白猿啼在白云间。
死生不出千门事，坐卧无如一室闲。

——〔宋〕林逋

第八章　紫

. 2

:

雁门太守行

〔唐〕李贺

黑云^[1]压城城欲摧，甲^[2]光向日金鳞^[3]开。
角^[4]声满天秋色里，塞上燕脂^[5]凝夜紫。
半卷红旗临^[6]易水^[7]，霜重鼓寒声不起。
报君黄金台上意，提携玉龙为君死。

注释

[1] 黑云：形容战争上的烟尘铺天盖地。
[2] 甲：指铠甲。
[3] 金鳞：铠甲发出的光亮。
[4] 角：古代军中的号角。
[5] 燕脂：即胭脂。
[6] 临：逼近。
[7] 易水：河名，借荆轲的故事表达悲壮之意。

◎紫色	紫色是一种由红色和蓝色混合而调成的颜色。在古代，人们利用芄草的根部经反复浸染获得此色。 　　这种颜色是古人喜爱的服饰颜色之一。在乐府诗集《陌上桑》中就有言"缃绮为下裙，紫绮为上襦"，这里的"紫绮"便是指紫色的丝织品。 　　《释名》中言："紫，疵也，非正色，五色之疵瑕以惑人者也。"可见，古人认为紫色是一种有瑕疵的颜色，会迷惑人。但值得一提的是，春秋时期的霸主齐桓公特别喜欢紫色。据《韩非子·外储说左上》记载，齐桓公喜欢穿着紫袍，导致百姓纷纷效仿，"一国尽服紫"。于是，齐桓公十分担忧，对管仲说："寡人好服紫，紫贵甚，一国百姓好服紫不已，寡人奈何？"管仲曰："君欲止之，何不试勿衣紫也？"于是，每当有人穿着紫衣前来觐见时，桓公都不准其靠近，并表示厌恶紫色。此言一出，当天"郎中莫衣紫"也。第二天整个都城没有人穿着紫衣。第三天，齐国国境内没有穿着紫衣的了。 　　有喜欢紫色的，也就有不喜欢紫色的，首推第一人便是孔子。当时，孔子因维护周礼，以朱为正色。他认为紫色抢夺了朱色的地位，便在《论语·阳货》中有了"恶紫之夺朱也"的言论。 　　当然，紫色作为传统的中国画用色之一，有深淡冷暖色调之分。在方以智的《通雅·彩色》中言及了各种不同的紫，如"黭紫，浅紫也。北紫，今之正紫也。油紫，今之藕合也。重紫，今之青莲色也。真紫，则累赤而殿者"。

和刘中书

〔南北朝〕谢朓

昔余侍君子，历此游荆汉 [1]。
山川隔旧赏，朋僚多雨散。
图南矫风翻，曾非息短翰。
移疾觏新篇，披衣起渊玩。
惆怅怀昔践，仿佛得殊观 [2]。
赪 [3] 紫共彬驳，云锦相凌乱。
奔星 [4] 尚未穷，惊雷下将半。
回潮渍崩树，轮囷乱倾岸。
严箨或傍翻，石菌芜修干。
澄澄明浦媚，衍衍 [5] 清风烂。
江潭良在目，怀贤兴累叹。
岁暮不我期，淹留绝严畔。

注释

[1] 荆汉：荆山和汉水，这里借指荆州。
[2] 殊观：奇观，大观。
[3] 赪：红色。
[4] 奔星：流星。
[5] 衍衍：形容急速的样子。

◎赪紫	赪紫，中国传统色彩名称，是一种红紫相间的色相，给人一种绚烂斑驳之感。赪，即红色。《诗经·周南·汝坟》中言："鲂鱼赪尾，王室如燬。"古人认为鱼儿的尾巴呈现红色，表示它累了。因此，人们便用此典故形容人困苦劳累。 　　在古诗词中，很多诗人都有写道这种颜色，如谢朓的《和刘中书》咏"赪紫共彬驳，云锦相凌乱"；李贺的《昌谷诗》咏"苔絮萦涧砾，山实垂赪紫"；卫宗武在《次韵春》中咏"一朝日出杲，绚烂赪紫群"。

终

诗歌中的色彩